COLLECTION FOLIO

Emmanuelle Pagano

L'Absence d'oiseaux d'eau

P.O.L

Emmanuelle Pagano est née en 1969 dans l'Aveyron.

NOTE

Ce roman était à l'origine un échange de lettres avec un autre écrivain. Nous nous l'étions représenté comme une œuvre de fiction que nous construisions chaque jour, à deux, et dans laquelle nous inventions que nous nous aimions. Nous ne savions pas jusqu'où le pouvoir du roman nous amènerait. Nous ne connaissions pas la fin de l'histoire.

Il est sorti de ma vie brutalement, abandonnant ce texte en cours d'écriture.

En partant, il a repris ses lettres.

Il y a donc des vides, des ellipses dans ce roman, dans lesquels il faut imaginer ces lettres, qu'il publiera peut-être un jour, une autre fois, ailleurs, séparément.

I

Je me suis levée juste avant la fin de la nuit, dans le sommeil de mes enfants et de mon mari. Je t'écris cette lettre alors qu'un peu de jour déteint au tournant du chemin. Je t'écris cette première lettre comme en cachette, dans la maison encore endormie où il y a pourtant du bruit, parce que j'ai mis une machine en route.

Je pense à toi. Je voudrais te donner la force de m'écrire, mais tu dois la trouver tout seul. Sinon, c'est comme si je ne valais pas la peine.

Je voudrais être débarrassée du rythme familial. Je pourrais écouter mes phrases.

Être seule pour écrire c'est être remplie des personnages du livre en cours. Des lieux, des couleurs, des odeurs du livre. Ces personnages sont plus denses que les personnes. Leurs émotions sont resserrées dans les pages. Je vais me pencher vers elles plusieurs heures, tous les jours.

Elles vont me submerger. Et les mots feront plus de bruit que mes enfants.

Toi, je sais que tu existes, tu marches, tu écris, tu vis, très loin de chez moi, tu es moins palpable que les personnages de nos livres. Mais tu es aussi cet homme à qui je m'adresse ici, et ici c'est presque comme un livre, c'est peut-être un livre. Tu es suffisamment loin pour devenir aussi un personnage. Je pourrais te toucher, avec des mots, tellement tu es loin. Si près de moi.

Dans le temps c'est pareil, c'est ce loin des semaines, des mois, si proche. Tu es si loin et près dans le temps et l'espace que tu me manques par avance, avant de te revoir. Je suis déjà après la prochaine fois. Tu me manques. Tu me manques comme si on s'était vus, et séparés à nouveau.

Le temps passe plus vite pour les personnages que nous devenons. L'espace se contracte.

Toi, je ne sais pas si tu es toi, que je connais, mais si peu, ou l'un de ces personnages qui m'accompagnent. Je ne sais pas si tu vas rester celui que je connais, si peu, ou si tu vas déborder de ton identité, déborder de ton corps, déborder de toi, devenir celui à qui j'écris, et celui que j'écris. Je veux bien, moi, être un de tes personnages, si tu m'écris.

Je t'embrasse. Tu me manques.

Non, ne crois pas ça, à mes personnages, il n'arrive rien. Seulement ce que les lecteurs décident, ce qu'ils imaginent.

Je ne suis pas ta seule issue. Tu as cherché une porte, et je me suis dit je peux être un passage, je sais le faire, je l'ai déjà fait. Je ne suis pas une issue, je suis un passage, je suis ta lectrice quotidienne. Je réponds à tes lettres, et toi aux miennes. Tu deviens aussi ce même passage. Le même et un autre.

Je ne sais pas pourquoi tu es si seul. Mais parfois, je me sens plus seule que toi. Mes enfants sont ma solitude. Ils sont aussi très jaloux de l'autre, la solitude d'écrire. Ils ne me laissent pas la préférer à leurs jeux, leurs paroles, leurs promenades. Ils ne me laissent pas écrire. Ils ne me laissent pas seule.

Mon petit garçon est intenable depuis que j'ai commencé ce livre, depuis que je t'écris. On dirait qu'il me sait ailleurs, sans savoir où. Il ne le supporte pas. Il me suit partout. Il s'agite, il crie. Il suffirait peut-être que je lui parle pour qu'il s'apaise, mais je ne sais pas comment lui dire. Je ne veux pas renoncer à ce roman. Je ne veux pas non plus tout lui confier, il n'a pas cinq ans, il est trop jeune. Il croit à la vie de famille, il me pense encore amoureuse de son père. Il ne connaît pas le pouvoir des livres, il s'y plonge sans crainte. Il réclame des histoires le soir comme pour mieux s'endormir. Écrire disperse mon sommeil mais lire des histoires à mon fils l'aide à me quitter pour la nuit.

Je n'abandonnerai pas ces lettres, parce qu'elles sont la seule chose vraiment possible entre nous. Je veux qu'il y ait quelque chose entre nous.

Déjà il va mieux. Depuis que je sais que tu es d'accord pour répondre. Déjà il respire doucement et s'éloigne de moi.

Ma fille a décidé de rester avec moi pendant les prochaines vacances, de ne pas me laisser seule avec mon livre, avec toi.

Mes enfants sondent mon corps, mon diaphragme, avec une acuité sidérante, et suivent la petite boule de désir et de peur sur tout le trajet de ma colonne vertébrale. Ils ne quittent pas des yeux les microgestes de ma main.

Je t'embrasse.

Peut-être, oui. Je ne veux pas savoir si ces lettres sont fictives ou réelles, mens-moi si tu veux, si tu peux. Moi je peux. Au point dont tu parles : au point du langage du droit. J'écris quelque chose et ça arrive, ça devient. J'écris notre histoire, elle grandit. Mais elle ne deviendra pas comme je l'écris, comme je la veux, parce que tu l'écris aussi.

Je t'embrasse.

J'essaie de déchiffrer tes pensées, jour et nuit, d'apprendre ta langue et les images de tes rêves. J'aimerais ta langue et tes rires. J'aime dire ton prénom. Pas le dire. L'entendre en l'écrivant. Quand je l'écris, je l'entends. J'aime beaucoup l'entendre, l'entendre par écrit.

Je voudrais qu'il colle à mon corps comme une de ces chansons s'accroche au paysage traversé avec elle. À chaque retour la chanson revient en nous. Je voudrais porter ton prénom comme nos souvenirs de lieux ont des chansons qui les accompagnent.

Je vais faire de toi mon premier personnage d'homme. C'est facile, parce que tu ne connais pas mon corps, parce que je ne connais pas le tien. J'attends ta paume maintenant. J'attends que tu me prennes la main. Maintenant c'est ce temps actuel de l'attente et le participe présent de maintenir. J'attends ta main tenant dans la mienne.

Je t'embrasse.

Il faut que je m'habitue à ça : j'écris à deux. Et je me demande comment on fait.

On ne fait pas qu'écrire des lettres, ni même s'écrire des lettres, on écrit ces lettres ensemble. C'est avec toi que j'écris ce roman : avec toi, pas seulement comme destinataire, avec toi près de moi. Nos quatre mains sur le clavier. Tu es plus grand que moi, alors, j'imagine, je me mets sur tes genoux. Parfois, nos mains sont synchrones et se complètent sans se bousculer, mais parfois c'est forcé, elles se croisent. Il faut que tu sois suffisamment fort pour ça, me porter sur tes genoux, et me supporter. Parce que mon écriture peut être violente. L'un s'arrête pour lire l'autre. On se corrige des fautes. S'il fait trop chaud à mon bureau, c'est le cas aujourd'hui, j'attache mes cheveux avec de grosses pinces. S'ils n'étaient pas attachés, d'ailleurs, ils pourraient se coincer entre nous. Après, ça fait mal et il faut les démêler. Mon cou est dégagé comme le ciel d'aujourd'hui. Je respire. Toi aussi. Mon cou est à l'air mais tu n'en profites pas pour l'embrasser, parce que sans doute il me suffit de sentir ce souffle de ton écriture dans ma nuque. Enfin n'être plus seule avec son livre.

Lorsque écrire m'épuise je peux me caler contre toi et poser ma tête sur ton épaule. Alors, tu t'arrêtes aussi et tu me serres fort dans tes bras.

Je t'embrasse.

Pourquoi ? Je suis mariée et tu le sais. Je vis avec lui, je mange avec lui, je parle avec lui, je dors avec lui. Juste, on ne fait plus l'amour. Quand ma fille l'a su, elle m'a immédiatement pris les mains pour vérifier si j'avais encore mon alliance. Oui, j'ai encore mon alliance, parce que nous avons notre vie ensemble, avec des projets, des secrets, des envies.

On partage beaucoup de choses, lui et moi, notre espace, notre paysage, les mots, l'éducation des enfants. Il me comprend, il comprend tout ce que je dis. Il me peigne tous les soirs, longuement. On dort ensemble, et ça m'angoisse quand il ne se couche pas près de moi.

Pourquoi je ne pourrais pas t'en parler ?

Je te l'ai dit, ce roman pour moi compte plus que tout, plus que nous s'il le faut. Je t'embrasse sur des centaines de pages. Je reste sur tes genoux jusqu'à ce que tes hanches luxées ne le supportent plus. Je dors avec mon mari, mais c'est toi que je désire.

Quoi qu'il se passe entre nous, et quoi qu'il se passe entre nous et les autres, tu sais parfaitement que c'est ton prénom que j'entends.

Il ne faudrait pas pourtant que l'écrivain remplace la femme que je suis, pas ici. Parfois je me demande comment arriver à maintenir cet espace, ce jeu, entre ces lettres et nous. Il y a du jeu, cela ne s'ajuste pas parfaitement. Je ne sais pas comment relier ces lettres à nos personnes. Comment nos personnes peuvent s'entendre avec nos personnages ? Quand on se verra, bientôt, s'il se passe quelque chose entre nous, et que cela se passe mal, je me dis ce ne sera pas grave, parce que nos lettres, nos lettres d'après, pourront toujours arranger nos gestes. Mais l'inverse ? Si jamais cela se passe bien, trop bien, nos personnes et nos corps pourraient mettre en péril cet échange de lettres. Et nous n'aurons plus que des banalités à nous écrire.

Je ne veux pas écrire avec une fleur dans les cheveux, je voudrais écrire comme on mord dans la viande, avec des dents et de la faim, avec du sang et du désir.

Je t'embrasse.

Pour ça il faudrait que tu me fasses un peu plus confiance. Tu vois, je croyais qu'on écrivait à deux, mais tu me dis non, toi seule écris à deux. Oui, peut-être, mais je te laisse regarder par-dessus mon épaule, parce que j'ai confiance en toi. J'ai confiance en toi parce que j'ai aussi confiance en moi, en mon écriture. Toi, tu ne te fais pas assez confiance. Parfois, j'ai des doutes sur ton écoute : est-ce que tu entends ce que je te dis, est-ce que tu m'écoutes quand je te parle de mon admiration pour ton travail ?

Le papier cousu de lettres est plus résistant que la peau, que la chair, que les muscles, ce qu'on construit ensemble est fait de mots, le texte, le tissu en est inaltérable puisque les phrases publiées seront indélébiles.

Je t'embrasse, mes lèvres sont gercées, mais je ne déchire pas, je n'abîme pas les tiennes.

Je me réveille depuis plusieurs jours tous les matins vers cinq heures, alors que je suis normalement calée sur sept heures, à cause de l'école de mon petit garçon. Je me réveille, et immédiatement je pense à toi. Puis je me rendors (ou pas) et ça passe. Ou plutôt, non, ça ne passe pas, mais je pense à toi différemment. Entre cinq et six je pense à toi d'une drôle de façon, presque directe. On dirait que tu es là. Tu es mon réveil. Ce matin j'ai vérifié l'heure exacte : 5 h 34. Peut-être que tu ne fais rien, toi, tu dors. Sans doute.

Je t'embrasse dès cinq heures du matin.

Quand, fatiguée d'écrire et de lire, je tourne le dos à l'ordi, à ton livre et au mien, au nôtre aussi, je change de position, mais je reste sur tes genoux, et c'est sur ton visage que je pose mes mains, comme une aveugle. Mes doigts sur tes paupières, sur tes lèvres, je suis les commissures, je touche ton souffle, mes doigts sur toute ta tête, et derrière, à la naissance des cheveux. J'apprends à lire ton visage, ta nuque, toutes les lignes de ton crâne jusqu'aux épines des omoplates. Elles dessinent une crête lorsque tu ouvres les bras pour me serrer contre toi.

Ne fais pas semblant de ne pas comprendre. Travaille, ne te repose pas sur mes phrases, ne me laisse pas seule. Ne sois pas paresseux à cause de moi. Donne-toi. Donne-toi, comme tu sais si bien le faire. N'aie pas peur de moi. Tu n'as rien à craindre.

Je t'embrasse, je te redonne des forces avant de me coucher. Dans moins de cinq heures, on va se réveiller comme d'hab, juste pour penser l'un à l'autre avant le jour.

Je suis ta meilleure lectrice, tu le sais. Ces lettres sont un brouillon de nous. Là, nous sommes en plein dedans. Dans l'écriture, dans les nœuds.

Si tous tes baisers sont faux, tes caresses, tes bras me serrant fort, ça me brisera peut-être, mais ce n'est pas grave. J'en prends le risque, je te l'ai dit.

C'est très dur, et douloureux, le plaisir d'écrire a été mis de côté en quelques jours et même en quelques heures, je pourrais presque te dire à quelle heure, quel jour, j'en suis aussi responsable que toi. Mais le livre avant tout, parce que c'est la seule chose possible entre nous. Dans l'écriture je ne veux pas que tu fasses semblant.

Je me donne complètement à toi, mais il n'empêche, malgré ça, et à cause de ça, ou pour ça, je ne sais pas, malgré les doigts invisibles qui broient mon souffle, de la gorge au diaphragme, ce manque de souffle avec lequel je me couche et que je ressens dès que je m'éveille, 5 h 31 ce matin, dans ce souffle contrarié, j'écris.

Je t'embrasse.

Tu as raison. Un geste, un regard, puis un autre pour préciser, encore une nuance, un mot, une intonation, en essayant de ne pas se perdre dans l'enchaînement des sensations et des émotions.

Pour toi, les filles sont naïvement célestes. Je ne suis pas comme les filles que tu trouves belles, diaphanes et brillantes comme des bonbons translucides, légères et sans vie comme le papier d'emballage de ces bonbons. Je suis une fille de la terre, sans même un T majuscule. La terre, les matières, le gras des semis, l'odeur à l'intérieur des sillons, les empreintes des pas des hommes. Je n'ai pas peur de la boue, de l'eau, de la poussière.

J'aime les couleurs d'eau et de terre qui suintent et se mélangent.

Je peux être la terre, la vase, le lit sablonneux de la rivière.

J'aime le mouvement des choses qui se gâchent, lentement et patiemment, avant de prendre et de se figer lorsque le geste est arrêté. Cette fille en photo dans ta mémoire, tu la fixes trop.

Je voudrais ramener ton regard plus près et te dire : ne rêve pas, regarde-moi, baisse les yeux, approche-toi.

Je t'embrasse.

Tu sais, ça me fait beaucoup de bien, de m'absenter un peu de la fiction. Je peux parler de mes enfants par exemple, en les décrivant comme ils sont, ou presque. Presque, parce qu'ils ne sont comme j'en parle que le temps d'écrire deux ou trois choses à leur sujet, et l'instant d'après ils ont changé, ils ont déjà changé au moment où je te parle d'eux, parce que les enfants, les gens, changent tout le temps et nous n'en percevons qu'une partie déplacée, nous n'en voyons qu'un geste ou deux.

J'avais peur que tu me dises non, que tu ne veuilles pas t'engager aussi loin dans l'écriture. Tu m'as répondu que tu ne pouvais rien me refuser.

Je ne pensais pas que l'écriture de ce livre puisse déborder sur notre vie au point que parfois on ne sache plus, dans les mails ou les lettres, quand on écrit et quand on s'écrit. Il n'y a plus le garde-fou de la marge, ce qui tient les pages du livre.

Le livre et la vie se mélangent, sans couture, sans séparation.

Toi, tu écris les choses comme elles deviennent, tu écris le passage, le mouvement. Tu écris les choses : elles deviennent. Tu écris sans marge.

Serre-moi dans tes bras le plus fort que tu peux, jusqu'à ce que mon corps craque, pour que j'entende de l'extérieur le bruit que ça fait en dedans.

Je t'embrasse.

Pourquoi as-tu si peur de moi ?

N'aie pas peur de moi. Fais-moi confiance. Je ne te ferai aucun mal.

Ta peur me détruit. Ta peur, c'est moi qu'elle détruit, tu comprends ?

Serre-moi à nouveau dans tes bras, s'il te plaît.

Mon mari et mes fils viennent de partir pour une semaine. Je reste avec ma fille et mon livre, délicieusement enfermées pour les vacances d'hiver.

Je dors sans mon mari jusqu'à samedi prochain.

Je vais faire mon possible pour rêver de toi. Rêver de toi endormie, et plus seulement éveillée : viens dans mes rêves.

Je t'embrasse.

Oui. J'ai rêvé de toi, ou plutôt, j'ai rêvé que je ne rêvais pas de toi.

Nous étions, mon mari et moi, dans une voiture vers je ne sais où. J'ai réalisé soudain que ma fille était là, alors qu'elle nous avait dit non, je ne viens pas, je vous attends à la maison. J'ai sursauté et je lui ai demandé pourquoi elle était là, elle m'a répondu agacée mais maman je t'ai dit que finalement je venais, tu m'écoutes jamais, tu te souviens jamais de ce que je dis. Elle a raison, mon mari est beaucoup plus attentif à elle, mais l'entendre le dire, même en rêve, me blesse. J'ai regardé mon mari et là je me suis aperçue qu'il était là, lui aussi, je le savais, c'est lui qui conduisait, je le savais depuis le début du rêve mais je ne l'avais pas réalisé avant le reproche de ma fille. D'abord je me suis rendu compte de la présence de ma fille, ensuite, et ensuite seulement, de la sienne. Je l'ai regardé incrédule. Je lui ai demandé comment ça se faisait qu'il soit déjà rentré de l'étranger, où il travaillait. Il m'a répondu qu'il n'arrivait pas à travailler, qu'il avait préféré rentrer une semaine à l'avance. Je me suis mise à paniquer, en essayant de ne pas le montrer, j'avais l'impression de ne plus savoir où j'étais, si je rêvais, si j'écrivais, si je vivais. Je me suis répété pour moi seule mais alors comment je vais faire pour rêver de lui, comment je vais faire pour rêver de lui, comment je vais faire ? Et je me suis réveillée dans cette répétition.

Toi et moi, ce n'est pas une simple histoire adultérine, c'est ce que je vis toujours quand j'écris. Je ne suis pas vraiment là pour les enfants, je ne les écoute pas, je suis dans mon livre, je ne sais pas si mon mari est là ou pas, où nous sommes. Je suis ailleurs. En ce moment mon livre c'est toi, je suis avec toi.

Je t'embrasse.

Je ne sais plus. Pour moi, ce n'est pas juste un livre. Pour toi, est-ce que c'est juste un livre ou est-ce que tu mens ? Je ne sais pas. Mais ça me déséquilibre, je n'arrive plus à rester sur tes genoux, j'ai l'impression de tomber, et toi, tu sais ça, que je suis obligée de faire comme si tout allait bien, parce que ma fille est là. Je vais descendre lui faire à manger et puis on regardera un film ensemble, un mélo, qui finira bien, et je trouverai cette fin insupportablement irréaliste, et elle, ma fille, elle me dira mais maman, c'est normal, c'est de la fiction. Chaque fois on a cette discussion, elle et moi, elle me dit toujours : maman, c'est de la fiction, en détachant les deux syllabes.

S'il te plaît, ne te referme pas, laisse-moi me mettre dans tes bras.

Tu la trouves belle, je sais, translucide et bleue, scintillante et jeune, mais moi je ne veux pas lui ressembler, tu sais, je ne cherche pas à prendre sa place. Je ne veux pas être belle comme elle, comme le jour, je veux être ta nuit, épaisse et sombre. Tu peux l'aimer en même temps que moi. J'y vois la nuit comme en plein jour. Il fait encore nuit à 5 heures, 5 h 30 du matin, quand je me réveille soudain, et que tu es près de moi.

Je voudrais que le livre déborde davantage. J'en ai marre des marges, des apparences.

J'ai besoin de toi, j'ai besoin de toi en relief. Tu me manques.

C'est le contraire, je ne cherche qu'à te faire dire les choses, t'empêcher de mentir. Ce que tu appelles ta malédiction avec les femmes n'existe pas. Ta malédiction ce sont tes mensonges. Tout, tout est une question de choix de mots.

Je ne mens jamais, parce que je cherche parmi nos échanges quels sont les mots. Ceux-là, tu sais, ceux qui ne sont pas comme les autres, qui ne sont pas lisses, les mots qui grattent et gênent, les scrupules, les petits cailloux dans les chaussures.

Oui, je crois que tous nos autres écrits font aussi partie du livre.

Tout ce qui est écrit entre nous : les livres, les lettres, les cartes postales, les manuscrits, les mails, les SMS, les chats, et, bien sûr, toutes les choses qui sont entre les lignes. Tout ce que nous échangeons sur les manuscrits, ces autres textes qui imprègnent et traversent aussi ce livre-là. Tout ce qui est écrit entre nous est comme ces carnets, ces prises de notes que nous entassons.

Je ne veux pas t'empêcher de rêver (à elle, ou à n'importe qui, n'importe quoi). Tu rêves, et je te réveille. Je t'écris et je te réveille, tu m'écris et tu me réveilles. Et, parfois, malgré nous, on rêve éveillés.

La seule malédiction c'est ne pas arriver à dire. Ce que nous faisons tous les deux est précisément l'inverse, tenter le plus justement de dire les choses et, pour mieux les dire encore, de les écrire.

Je t'embrasse, ne me mens pas.

Tu te trompes, tu prends le risque de ce roman, parce que c'est un dialogue, ne l'oublie pas. Tu risques ton écriture en la croisant avec la mienne, et moi aussi, je risque la mienne. Nos écritures se mélangent, interfèrent l'une avec l'autre, ce sont les battements de ton cœur dans mes vertèbres quand je suis sur tes genoux, tes mots dans ma bouche quand tu m'embrasses, et les miens dans mes gestes silencieux vers toi.

Le rythme de l'écriture prend appui sur ce métronome intime au corps de chaque écrivain. Le tien, on dirait le battement de l'eau sur des rochers. Le mien est détraqué.

Tu m'as déjà changée, je te l'ai dit : tu changes mon écriture, tu as ce pouvoir. Ce n'était pas difficile, il a suffi que je vienne sur tes genoux. Ce n'était pas difficile, parce que je ne suis pas autre chose, pour toi, qu'une femme de lettres. Et toi, tu as un tel pouvoir sur moi, tu as un tel pouvoir, que tu changes la place des lettres, la ponctuation, les mots, les phrases.

Là, tu vois, j'ai besoin que tu me serres plus fort encore. Embrasse-moi, donne-moi tes mots, quand ils passent de tes lèvres aux miennes, je sens un goût spécial, que je n'ai trouvé ni dans la bouche des autres hommes, ni dans les phrases des livres. J'aime ce goût, mais je ne peux pas encore le décrire, le définir. Je ne sais pas l'écrire. Embrasse-moi jusqu'à ce que j'y parvienne.

Si tu me serres plus fort dans tes bras, les battements de ton cœur se confondront avec les craquements de mon dos, puis avec les battements de mon cœur à moi, et alors on ne pourra plus savoir de quel corps proviennent les bruits des mots.

Serre-moi plus fort, prends ce risque-là, de brouiller les pulsations, les rythmes des phrases.

Je t'embrasse.

Je ne sais pas, j'ai parfois l'impression que tu n'es pas là, parce qu'il me manque des morceaux de toi. Tu n'es qu'un personnage, un homme partiel. Je t'embrasse, je suis sur tes genoux, je sens dans mon dos les basses de ton cœur, mais il me manque tout le reste. C'est une des difficultés d'écrire. J'ai beau me concentrer, je ne pourrai jamais t'écrire en entier, avec la lumière qu'il faut, le son de ta rue, tout ton corps, tes mots, et ce qu'il y a autour. C'est difficile de ne faire qu'écrire. Il n'y pas de littérature totale.

Quand j'écris je suis en empathie avec mes personnages, limite schizophrène, je peux pleurer, mettons, si c'est triste, l'histoire que j'écris. Mais dans ce roman-là, cette relation aux personnages est encore plus forte. D'habitude, elle est artificielle, elle est créée par le travail, la concentration extrême à laquelle on s'oblige pour essayer de rendre l'émotion, les sensations, parfaitement lisibles, ressenties par le lecteur.

Je sais que tu existes, je sais que tu es vraiment

là dans mon livre et ma tête (tu dors : l'heure s'affiche en rouge au-dessus de tes rêves, je pourrais m'approcher pour écouter ton souffle endormi en essayant de ne pas te réveiller). Cette complicité avec les personnages n'est plus artificielle, elle est à la limite du réel, et alors, oui, je suis encore plus borderline qu'à l'ordinaire.

Pourtant, tu n'es pas là, tu n'es pas là, comme on est là quand il ne s'agit pas d'un roman mais d'une vraie histoire. Il me manque des morceaux. Je voudrais que le livre déborde encore, pour que les images et les sensations, les émotions de cette histoire ne soient plus si fugitives.

J'embrasse tes yeux fermés, tes paupières, tes rêves, tes mains. Mais à peine. Je veux te laisser dormir. Je te réveillerai tout à l'heure. Bonne nuit.

Pas de collection, non, s'il te plaît, pas de cadavres. Ce que j'aime dans les papillons, c'est le mouvement et l'instant qui passe. Je n'aime les papillons qu'éphémères : vivants. Pas les papillons en boîte. J'aime la mue des papillons.

Nos livres ne sont pas des boîtes où nous enfermons les papillons, ils sont les cocons où s'agitent et s'affairent les chenilles, et nos mots, nos phrases, sont faits de soie vivante. Ils sont cet espace étroit dans lequel deux chenilles tissent, chaque jour, chaque heure. Elles tapissent les parois par la bouche de baisers de mots, de caresses, de corps à corps. Je passe ma main sur l'abdomen doux de la chenille. Quand ce sera fini, qui pourra dire si nous avons été amants ou jumeaux ? Le papillon sera peut-être monstrueux. J'aime tellement ce texte, tissé de nos salives, difforme, insensé et pourtant si plein de sens. Je cherche encore les mots pour définir le goût de ce passage de nos phrases, de ta bouche à la mienne, de la mienne à la tienne. Il y a un goût de métal, à cause du fer dans le sang, mais pas seulement. Je cherche. Embrasse-moi encore.

Je sais pourquoi tu as pris mes pinces à cheveux pour des papillons noirs, c'est parce que tu me crois capable de faire naître des papillons dans les cheveux des petites filles. Parce que tu crois en moi.

S'écrire des lettres est différent d'écrire un roman ordinaire. Tu me rends différente.

Recouvre-moi entière de tes mots. Ils sont ma soie, ma mue.

Je t'embrasse.

Cet après-midi, je suis allée promener ma vieille voisine. Elle a bien marché, bien pleuré. Son mari est en maison, comme on dit, en réalité il est dans le passé. Il défait ses sangles pour appeler son bétail en patois, il crie, il appelle ses vaches. J'ai dit à ma voisine qu'il était peut-être heureux, coincé dans son passé. Je l'ai ramenée chez elle, puis je l'ai aidée à plier son linge, elle m'a offert du jus d'orange et des biscuits.

Quand je suis rentrée, j'ai fini mon dernier roman. Le vide après, tu sais comment, les fins d'histoires. Mais cette fois, avant même de finir ce livre, j'étais déjà dans le nôtre.

Nous chuchotons, oui, mais devant tout le monde. Je n'aurai aucune fausse pudeur pour notre histoire. J'aime notre histoire.

Tes chuchotements m'accompagnent, ils sont la respiration de mes phrases. J'écoute. J'écoute attentivement. Je t'entends. Pourtant, tu me manques, tu me manques tellement.

Je t'embrasse.

Ma main gauche joue dans tes cheveux, la droite suit le sommet de ton épaule, tombe derrière, dans ton dos. Elle remonte le long de ta colonne et tombe à nouveau. Je suis sur tes genoux comme souvent, mon ventre est contre le tien. J'ai posé ma tête sur l'épaule opposée. Tu ne dis rien. Tu me regardes avec plein de questions dans les yeux. Je souris pour ne pas y répondre. Ma main est revenue sur ton visage, et je suis les lignes de soucis qui rayent ton front. Mon autre main est encore dans ton dos, elle essaie d'apprivoiser ta peau et tes muscles. Je trouve que pour un extraterrestre, tu as un corps magnifique et je te le dis, je te dis c'est bien imité, mes mots te font rire et tu me serres plus fort dans tes bras. Tes cuisses sont plus solides que tes peurs, mais j'essaie de ne pas déséquilibrer tes hanches, j'essaie de pas te faire souffrir. Tu m'as écrit par mail que tu m'embrasseras autant que tu en auras la force, alors j'essaie de prendre la mesure de cette force avec mes doigts, je lis tes muscles dans la pliure de mes phalanges, à l'intérieur des paumes j'essaie encore de traduire les multiples sens de ta peau. Elle est satinée et chaude comme les pierres des bords de rivières, celles que l'eau montée gomme chaque hiver. Ta peau est polie, lissée par mes caresses. Parfois, tu frissonnes et j'essaie de contenir ces minuscules séismes dans mes gestes, ces vaguelettes d'eau vive, ces remous autour des cailloux. Tu ne dis toujours rien. J'aime ce silence. Je commence maintenant à connaître ton dos, tes épaules et tes bras. Mais tu bouges pour me serrer encore un peu plus fort et tout est à recommencer. J'aime avoir à tout relire. J'ai relu en diagonale aujourd'hui tous tes livres, manuscrits compris. Je relirai ton corps avec mes mains autant de fois que nécessaire.

Je t'embrasse.

Tu triches. Tu triches et je n'aime pas ça. Tu pourrais au moins me parler de celle dont tu es encore amoureux. Moi je peux te parler des hommes que j'ai aimés. Je peux t'écrire une lettre sur chacun. Je peux te parler de mon mari, de comment il me protège. Je t'ai fait lire hier notre conversation par chat, dans laquelle je lui parle de notre projet, dans laquelle il explique ne pas être jaloux, et promet qu'il ne dira rien, qu'il gardera lui aussi le secret de ce roman, et qu'il ne cherchera pas à le lire, cette conversation dans laquelle il dit qu'il est très fier de moi, qu'il ne se sent aucun droit sur moi, et encore moins sur mon travail littéraire, dans laquelle il affirme qu'il me protégera quoi qu'il arrive, et qu'il se fout de ce que les gens pourraient penser de sa femme, que personne n'a le droit de nous juger. Je t'ai fait lire cette conversation où mon mari me rassure en me disant que même si cette histoire va plus loin que le livre, il ne sera pas jaloux. Je ne te cache rien, et toi, tu me dis qu'il n'y a aucune femme dont tu pourrais me parler, mais c'est faux, et tu le sais. Si tu me dis non, laisse tomber, je ne veux pas t'en parler, ce sont mes histoires, ce sont mes femmes, je ne veux pas partager ma vie passée avec toi, d'accord, je comprendrai. Mais ne me dis pas que toutes les femmes c'est moi. Ne triche pas avec moi. Je ne suis pas toutes ces femmes, je suis juste ta femme du moment.

Tu sais je suis nulle dans la vie, toutes mes histoires sont bâclées, je suis paresseuse pour le réel, je donne toute mon énergie à l'écriture, alors, le reste, ma vie, c'est toujours vite fait mal fait.

Mais ici, tout est différent, puisque tout est porté par l'écriture, puisque nos corps, nos sensations sont écrits. On dit mieux les choses.

Tu dis que c'est moi qui fais tout. Ce n'est pas ça, c'est juste qu'il y a ce décalage entre toi et moi, cette sorte d'avance que j'ai sur toi, une avance que je garderai peut-être tout le temps de notre histoire. Je te donne ces mots parce que je suis amoureuse de toi, alors pour moi c'est facile. Pour toi il y a toujours un temps de latence, et d'hésitation, parce que tu ne peux pas m'écrire ce que tu aurais préféré lui dire, à elle. Je suis amoureuse de toi, ça me permet d'avoir des phrases que toi tu ne peux pas avoir, d'écrire comme toi tu ne peux pas écrire, ou comme tu ne peux pas encore écrire.

N'aie pas peur d'être maladroit, j'aime ta maladresse, j'aime que tu chuchotes à mon oreille des mots dans notre langue que je ne pourrai pas répéter, et aussi tous ces mots de tes gestes quand tu m'embrasses et que tu me serres dans tes bras, fort. Les mots que moi je t'écris, ils répondent à ceux-là.

C'est long, c'est si long d'attendre encore pour se voir.

Embrasse-moi, ne triche pas, ne me mens pas. Ne me laisse pas.

P.-S. : je ferai attention, je t'embrasserai avec prudence et patience.

Non, c'est notre métier de raconter la vie des gens, privée ou pas. On ne doit jamais se censurer, sinon, autant arrêter tout de suite ce livre. S'il avait fallu se taire, je n'aurais jamais écrit mes romans. Tu sais les libertés que j'ai prises avec eux. Tout est vrai dans mes livres. La fiction n'est que dans l'assemblage. Elle colle ensemble les morceaux de réel hétéroclites que je trouve autour de moi. Elle leur donne une cohérence, elle les tient ensemble, c'est tout.

Personne ne peut nous interdire d'écrire, personne, pas même nous. Quand nous racontons, nous n'écrivons plus l'histoire des autres, mais l'histoire des autres à travers nous, notre corps, nos sensations et nos mots. Lorsque des lecteurs voient dans nos livres une trahison, nous n'avons fait que notre travail. Nous sommes des avaleurs d'histoires, nous les mâchons, et nous les écrivons. Mais nous les avons mastiquées avant, elles sont passées par nos bouches. Je ne veux pas te libérer de l'amour de cette fille, je n'ai pas à le faire, et je n'ai aucune légitimité pour ça. Mais ce que je veux, c'est t'aider à ne plus mentir et tricher. Ce que je veux, c'est que tu écrives. Personne ne doit t'empêcher d'écrire, ni les éditeurs, ni les critiques, ni elle, ni personne. Tu dois pouvoir parler d'elle, de qui tu veux. Tu dois pouvoir écrire ce que tu veux. Non : tu dois pouvoir tout écrire. Même ce que tu ne veux pas écrire. Je protégerai toujours ton écriture. Contre toi, s'il le faut. Contre moi.

Je ne veux pas que tes gestes vers moi soient des gestes par défaut. S'il le faut, je renoncerai à toi, je renoncerai à ton corps, pour que tu ne mentes pas.

Je t'embrasse, écris-moi, tu me manques.

Je suis obligée de te mettre en danger pour te faire prendre des risques. Je ne sais pas encore comment mais ce risque est dans notre histoire. Si cette séduction dont tu parles le contient, alors on est dans le bon livre. J'aime ce travail à deux, cette mise en danger, ces moments dans tes bras, cette écriture sur tes genoux. Quand on me demande ce que j'écris en ce moment, j'ai envie de répondre peu importe ce que j'écris, ce qui compte c'est comment je l'écris, j'ai envie de répondre en ce moment j'écris un roman assise sur les genoux de l'homme que j'aime.

Je t'embrasse.

Aujourd'hui mon fils aîné est de retour. Il m'a manqué sans que je m'en aperçoive. Je ne réalise que maintenant son absence et ce manque, juste avant qu'il ne revienne. Je vais avoir des machines à faire, et le bruit du linge battu va me ramener à la vie de famille.

Je t'embrasse, encore.

Je veux bien te promettre, je veux bien te promettre que nous n'hésiterons pas, mais toi, sais-tu ce que tu veux. Je t'ai secoué une fois et tu m'as dit que je te mettais la pression. Je t'ai alors assuré de ne jamais te demander ce que tu ne voulais pas ou ne pouvais pas me donner. Que veux-tu, que je te secoue ou que je te laisse hésiter ? Que je relâche la pression ou que je t'attrape par le bras ? Que veux-tu ?

Tu m'écris que tu souffles sur mes mains gelées par l'étendage du linge au-dehors.

Mes mains sont réchauffées maintenant, et dans mes doigts j'ai le souvenir de tes lèvres ouvertes, j'ai des échos de ton haleine, les pulsations de chaleur qui répondaient saccadées à la fraîcheur de ma peau, et, si j'avais voulu, si tu m'avais laissée faire, si tu n'avais pas hésité, j'aurais pu saisir sur ta peau le désir et y répondre. Mes mains sont réchauffées par ton souffle, mais parfois, de mes mains tu ne sais pas quoi faire.

Je t'embrasse.

Je vais me coucher, j'entends ma fille envoyer des messages à je ne sais qui par chat, mon grand garçon traîne en bas, il n'y a pas de vent, pas d'autre bruit que nos vies près du sommeil. Je te sens tout près de moi, si près que ton corps dépayse mes rêves. Cette nuit je ne sais pas où je vais partir rêver. J'ai posé ma nuque sur ton ventre et mes cheveux couvrent tes hanches, tu caresses doucement mes paupières, mes tempes, mes joues, ma bouche. Tu ramènes et peignes mes cheveux dans un geste sans interruption, un geste lent de nage, comme le courant apaisé de la rivière démêle l'herbe qui dépasse du rivage. Quand je souris, je sens ta peau se tendre. Tu souris aussi il me semble. Je tourne mon visage pour coller mon oreille à ton corps : il y a le même murmure que dans mes rêves, les mêmes lancés, les mêmes jetés de sang. Ton cœur jette le sang comme ça, jusqu'au bout de tes doigts, de ton crâne, et moi dans mon oreille je le sens passer, amplifié. J'écoute et je m'endors dans ce bruit. Ta peau est plus douce et chaude que les draps, tu me recouvres avec elle comme on remonte une couverture. Tu me bordes.

Bonne nuit, je t'embrasse.

Oui, je t'entends parce que je t'écoute, je te regarde dans les yeux.

Mais aux questions que je te pose, tu ne réponds qu'à moitié, tu éludes. Comment veux-tu que j'entende ce que tu ne veux pas me dire ? Je te regarde mais tu détournes ton regard. Comment veux-tu que j'entre dans tes yeux quand tu regardes ailleurs ? Tu gardes ce que tu veux garder pour toi, tu te protèges de je ne sais quoi.

Je te donne le petit espace de mes paumes, je te prête mes mains. Je n'hésite pas à me laisser aller contre toi, à confier ma nuque à ton ventre, mes rêves à ta peau. Tu m'écris que tu voudrais former un collier de mots dans mon corps, mais pour cela il faudrait que tu n'aies pas si peur de t'approcher, et que tu ne craignes pas, non plus, les déchirures de ma chair pour que le fil tienne, que tu oses coudre à même ma peau.

Il y a une appréhension dans tes phrases dont je n'arrive pas à retrouver l'origine, sauf peut-être dans les silences de tes manuscrits.

Tu ne devrais pas avoir peur de moi, il faut que tu me fasses confiance. Parfois, j'ai l'impression que c'est mon désir qui te fait peur, mais tu sais moi il me tient debout, il m'aide à attendre, à t'attendre. Il est fait de nuits et de jours mélangés, de mots et d'images, il m'aide à écrire. Il part de mes yeux fermés et traverse tout mon corps, comme une armature. Il m'empêche de me dessécher, il me fait boire, il m'aide à respirer. Tu ne devrais pas avoir peur de cette eau et de cet air en moi. Il transforme mon écriture et tu le sais. Je voudrais que le tien ait la même puissance. Laisse-le faire, laisse-le grandir. Le souffle du texte, l'air dont tu as besoin, c'est cet air cru et dense du désir, plus fort que de l'oxygène concentré, vif et violent, et plein de bulles, d'espace, plein de place pour nous deux, pour nos rêves.

Moi tu sais, je te l'ai écrit, je te fais toute la place.

Je t'embrasse.

Je crois que, précisément, cet oubli-là fait sens, et tu devrais m'en parler. Cet oubli des femmes. Parmi tes souvenirs, tu mélanges tes livres, tes rêves et ta vie passée. Tu as une drôle de mémoire, à la fois infidèle et très riche, et dans cette mémoire, il n'y a pas de place pour les femmes que tu as connues. J'aimerais comprendre ce processus d'oubli des femmes, cet oubli de leurs corps, que ton cerveau a comme enclenché.

Je t'embrasse.

Je voudrais prendre les mots dans mes mains, et les tordre, les mots, jusqu'à ce qu'ils suivent les contours de ton corps, les malaxer jusqu'à ce qu'ils soient chauds, et qu'ils aient la bonne texture, qu'ils soient suffisamment tendres pour recouvrir ta chair d'une seconde peau. Dans mon écriture, je me donne à toi.

Je me donne entièrement à toi, n'oublie jamais ça. Embrasse-moi, ne me laisse pas.

Depuis plusieurs jours, j'ai pris l'habitude de t'écrire les lettres du soir dans mon lit. Je ne sais pas trop pourquoi, peut-être pour mieux me mettre en condition de rêver de toi. Hier, j'ai posé ma nuque, puis ma joue et mon oreille sur ton ventre. Ce soir, je m'endors différemment. Je te tourne le dos, tu es sur le côté, j'ai mis ma tête dans le creux formé par ton épaule et ta poitrine, j'ai enroulé mes cheveux et je les ai déplacés vers l'avant pour qu'ils ne se coincent pas entre toi et moi. Tes cuisses sont légèrement remontées et les miennes au-dessus, mes jambes emmêlées aux tiennes, mes pieds dans tes mollets. Tu as un bras sous ta tête, et l'autre ferme mon espace, replié au-dessus de ma hanche, ta main sur mon ventre, et la mienne sur la tienne. Pendant ton sommeil, ou pendant le mien, parce que je ne sais pas si ce geste est dans un de tes rêves ou dans un des miens, mais c'est en rêve c'est sûr, pendant le sommeil, tu abandonnes ma main pour glisser la tienne, repliée, en moi. Elle reste en partie blottie à l'intérieur de mon ventre toute la nuit et le matin, quand ta main sort de ton rêve, ou du mien, ça me réveille.

Bonne nuit, fais de beaux rêves, je t'embrasse.

Mon grand garçon est reparti, et j'ai récupéré le petit.

Je n'ai pas souvent mes trois enfants près de moi. Ils n'ont pas le même âge, pas le même père, pas la même histoire. Ils n'ont même pas la même mère, puisque je ne suis pas celle que j'ai été, puisque je n'ai pas la même histoire, pas le même âge, pas le même corps dans l'avenir ni le passé.

Tu me manques. Je caresse ton dos, encore et encore, le creux de tes reins, mais je ne sais même pas si tu y as des fossettes ou pas. Je touche ton corps tous les soirs à l'aveugle, presque au hasard, je ne le connais pas assez. Je ne peux pas te parler de tes grains de beauté, je ne sais pas où ils sont. Je n'ai vu que tes mains, qui sont très belles et très douces, qui me font envie, et tes cheveux, le haut de ton front, ton visage, tes yeux, tes grimaces, ta démarche et ta voix dont j'ai peu de souvenirs, mais ton corps en entier me manque, ton corps nu.

Je t'embrasse, bonne nuit, viens près de moi.

Quand je t'écris que je dors avec toi, c'est aussi que je dors à côté de tes rêves, dans ton appartement, et que toi tu entends le vent d'ici, qui fera comme un support aux images de ma nuit. Tu l'entends ? Il est si fort qu'il exaspère les branches des frênes. Il est si fort qu'il menace la toiture et grince en elle.

Je t'embrasse.

Non, le sexe n'est pas le sexe seul, ce sont aussi des paysages, des marches dans ces paysages, à la campagne, en ville, ce sont une ville entière et un désert de France qui se croisent, des pauses, des ciels élargis, des odeurs rêvées mais obstinées comme des souvenirs, des lampes allumées, des nuits de vent comme hier soir, des livres, des livres entre nous, des livres malgré nous, des matins précoces, un futur quai de gare, des mémoires de conversations sur un grand escalier, des nœuds indélébiles sous le diaphragme, des noisettes dans mon muesli, du soleil dans ton dos, des journées vides, des journées pleines, un compteur en ligne, des rires, les cafés que tu bois en terrasse, déjà des mauvais souvenirs et des heures noires, ce sont des impatiences adolescentes, des courbes sur un atlas, interactif de la sève chaude cachée au creux de mes cuisses, épaissie par l'impatience, des arbres citadins qui sourient, des cerisiers tout blancs dans un ciel plus bleu qu'en vrai, un ciel séculaire tatoué d'écritures, des bras et des jambes devenus des ailes, mutant sous l'autorité du désir, une fenêtre s'ouvrant devant une jeune femme qui tient une lettre dans ses mains, des mains invisibles dans mes cheveux, des paroles déferlant sur des corps nus comme des vagues, ta main en photo dans mon ventre, les plaisanteries de ton ami, ton agacement à les entendre, ton plaisir à ma voix, ton plaisir à distance, le mien, les distances du plaisir, les incroyables possibilités d'Internet, ta présence et le manque dans chacun de mes gestes, tous les jours et toute la nuit. Ta présence en creux, le manque, le paysage marqué par ton absence.

Je t'embrasse.

Je suis assise sous la fenêtre de toit ouverte, l'ordi sur les genoux et le soleil juste à côté, j'ai envie de t'écrire une longue lettre, parce que tu me manques tellement. Je ne sais pas si ça remplace. Je ne sais même pas si ce manque est possible, si ressentir le manque de ce qu'on ne connaît pas est possible, je ne sais pas si tu peux me manquer autant alors que nous n'avons jamais été ensemble.

Je ne sais pas ce que tu fais le dimanche après-midi. Je suppose que tu te promènes dans ta ville, à pied ou en vélo. Je ne connais pas ta ville, alors je ne peux qu'imaginer ton parcours. Je regarde les photos que tu as prises, disponibles en ligne, et si tu n'es pas spécialement là, je sais que tu y es passé, que tu as pris ces photos. Je regarde ce que tu as regardé. Je regarde ton regard. Derrière les ponts, les quais, les rues, les maisons, les grandes places, les sculptures, les colonnes, les bibliothèques, les immeubles, les toits, les plaques, les lampadaires, les monuments, les détails, les jardins, les escaliers, les églises, les hôtels, les fenêtres, les fontaines, les bateaux, les remparts, les théâtres, les galeries, les bas-reliefs, les allées, les portes, je vois tes yeux et parfois, selon les images, j'imagine ton sourire qui va avec.

Non, tu ne te promènes pas. Tu restes enfermé et tu t'angoisses. Je te répète fais-moi confiance, fais-toi confiance, fais-nous confiance, ferme les yeux, repose-toi. Je voudrais que tu t'endormes dans cette confiance. Je voudrais que tu fasses une petite sieste dans ma phrase, que tu t'abandonnes à mes mots, que tu t'allonges et que tout ton corps soit calme, que tu te laisses aller, là, maintenant, parce que mes mots seraient suffisants pour baisser tes paupières, apaiser tes angoisses. J'essaie de visualiser très fort ton assoupissement, pour voir si ça marche. Je pose mes yeux sur ton corps tout habillé, et mes mains et mes lèvres glissent sous le tee-shirt pour aider le sommeil.

Tu t'allonges sur le canapé, le soleil sur les jambes, un bras sur ton visage, tu te tournes sur le côté, je te regarde replier ta journée pour un moment. On entend des voitures passer près des fenêtres et parfois des bouts de conversations dont le sens nous échappe. Je te regarde, je ne vois pas ton visage sous ton bras, mais le mouvement de ce bras, tirant sur le tee-shirt, où les rêves feront des plis. Dis-moi, tu rêves aussi pendant les siestes ? Tu ne rêves pas encore, tu ne dors pas encore, alors je m'assois près de toi, je passe ma main sous le tee-shirt soulevé par ton mouvement, et je te caresse. Tu attrapes ma main par-dessus le tissu et tu la gardes. Je me penche et je t'embrasse juste au-dessus des hanches. Je ne t'embrasse pas vraiment, non, je laisse ma bouche entrouverte parcourir cet espace sans le toucher. Il ne reste qu'un tout petit champ d'air entre mes lèvres et ta peau, une minuscule surface de vide, mais elle est pleine de frémissements, ce sont quelques millimètres de jeu où mon souffle vibre et se mélange à tes frissons, une aire ténue de palpitations, comme si toutes nos questions se retrouvaient là, dans cet interstice, comme si mes lèvres et ta peau y chuchotaient des réponses, comme si nos corps murmuraient des mots que nous ne pourrions même pas entendre, même pas comprendre. Mais il s'y passe tellement de choses, tellement de choses, que l'air y est plus dense, compact, bruissant de promesses.

Je t'embrasse.

À cette différence que je ne parle pas, je t'écris.

Bonne nuit, je t'embrasse, je m'installe dans tes bras, je reste là où tu trembles et je te caresse jusqu'à ce que tu me demandes d'arrêter.

Je suis contente de te faire grandir, même si ça te fait un peu mal, même si tu es fatigué. Moi j'ai mal un peu partout, d'une douleur diffuse et presque agréable parce que très légère.

Oui, j'aime les bruines quand on est dehors, et les pluies violentes quand on est dedans. J'aime dormir sous des pluies régulières et denses, qui donnent sommeil, faire l'amour sous les battements des orages. J'aime toutes les pluies. J'espère qu'il pleuvra, quand j'arriverai chez toi, et que tu m'embrasseras sous la pluie, longuement, jusqu'à ce qu'on soit trempés, qu'on ait froid, et qu'on se dépêche de rentrer chez toi.

Tu as modifié le compteur.

Oui c'est vrai je te parle, je parle à toi seul. C'est toi seul aussi que j'embrasse, que je caresse, ici et dans ma tête.

Ce soir tu te couches plus tôt que moi, je viens

de recevoir ta petite photo du soir, ton sourire est encore plus triste qu'hier, tu ne souris presque pas d'ailleurs, j'embrasse ton beau et faible sourire triste, tes paupières qui se ferment, ton front, tes sourcils, tes tempes, tout ton visage, et demain matin, au réveil, j'embrasserai ton corps en entier, jusqu'à ce que mes lèvres soient tout usées à la douceur de ta peau, je déposerai un peu de salive partout et tu palpiteras, tu brilleras comme la terre d'ici sous le givre. Tu me manques.

J'aimerais beaucoup que tu chuchotes, oui, j'aimerais beaucoup ça. J'aimerais être allongée serrée contre toi pendant que tu me fais la lecture.

Tu es étendu sur le dos, la nuque calée dans un coussin, je suis sur le côté, presque sur le ventre, une partie de moi sur le lit, l'autre repliée contre toi, une jambe dans tes cuisses et un bras sur ton ventre, une main sous ta hanche et l'autre glissée dans ton dos, ma joue dans ton cou, un de tes bras autour de moi, tes deux mains tenant le livre que tu me lis, et que je peux regarder si je ne ferme pas les yeux. Mais je ferme les yeux pour mieux écouter ta voix. Je m'endors dans tes mots, je m'endors éveillée, dans ton odeur. Je souris.

Si tu es assis, je suis sur tes genoux, mon dos contre ton torse, mes cuisses contre les tiennes, les genoux repliés, mes jambes croisées, mes pieds glissés sous tes genoux, ma nuque sur ton épaule, tu me tiens dans tes bras et dans tes mains il y a le même livre. Nous sommes, le livre et moi, tenus, retenus, et lus par toi, oui, moi aussi je suis lue par toi, parce que tu murmures dans mes cheveux, parce que les mots du livre passent dans mes cheveux avant d'arriver à mes oreilles et à ma conscience. Je sens sur mon cuir chevelu le mouvement de tes lèvres avant de comprendre les mots, ça me donne des frissons et des sourires. Mes bras et mes mains sont libres, je te caresse partout où je peux pendant que tu lis, sur tes hanches, tes genoux, à l'intérieur de tes cuisses, et, de temps en temps, plutôt qu'avec les silences seuls des virgules et des points, tu ponctues ta lecture avec des baisers dans mes cheveux, derrière mes oreilles, dans ma nuque et dans mon cou, ces baisers sont d'autres mots, ce sont des mots que tu écris sur moi, et je ne sais pas ce que je préfère, alors, des mots lus, des virgules, ou des mots écrits du bout des lèvres et de la langue.

Je ne passerai pas à côté de toi.

Je t'embrasse, serre-moi fort.

Je n'écris pas cette lettre du soir dans mon lit parce que mon mari est de retour. Je suis sur mon canapé, en pyjama, enroulée dans un plaid, c'est presque pareil, je poserai l'ordi après, et je me coucherai dans le bonheur de t'avoir écrit.

Hier j'ai eu une journée très éprouvante physiquement, j'ai affronté tous les éléments, ceux du dehors et ceux du dedans.

Malgré la tourmente et l'empêchement des routes, je suis allée amener et chercher mon petit garçon à l'école. Au retour, la tempête de neige a grossi pendant que je conduisais, et j'ai dû abandonner la voiture à quelques centaines de mètres de la maison.

Je n'y voyais rien, mais je savais à peu près où on était, alors j'ai continué à pied. Le vent était brûlant tant il était glacé, il projetait la neige fraîche partout en tournant, je sentais mes cuisses devenir violettes, mes yeux étaient douloureux, le vent appuyait jusque dans les sinus, et mon corps lui aussi était violent, presque déchaîné. J'ai mes règles, et l'effort physique décuplait les contractions, j'avais terriblement mal au ventre, j'avais l'impression de me vider à chaque pas.

Pourtant, ça ne me déplaisait pas de lutter contre le froid, le vent et le mal au ventre. Je pensais à toi et je me sentais très forte. Je protégeais mon petit garçon, qui me suivait comme un grand. Je lui avais entièrement recouvert le visage en rabattant son bonnet jusqu'au cou, le tout maintenu par sa capuche, pour qu'il n'ait pas d'hématome aux joues. Il était aveugle mais je tenais sa main gantée derrière mes cuisses. J'étais moi-même aveuglée par la neige, mais je me guidais de mémoire. J'ai dit à mon petit inuit de bien rester derrière moi, pour se protéger de la tourmente. Et moi j'étais comme protégée par toi. Ou plutôt penser à toi me rendait très courageuse, seule avec mon fils, dans le vent, la neige projetée, malgré le sang qui filait trop vite. Plus je saignais, plus je saigne encore, plus j'ai l'impression de me laver, de faire peau neuve, de muer pour toi. Le vent me lavait aussi, il me nettoyait de l'extérieur, c'était tout le souffle du grand dehors qui frottait si fort mon corps endolori, une friction inhabituellement violente, et en dedans le nettoyage continue, les vieilles muqueuses se déchirent pour laisser la place à de nouvelles, toutes neuves : je saigne pour toi. Que j'aie si mal alors me paraît être la moindre des choses.

Ces lettres ne sont pas faciles, ton absence est aiguë, et mon corps le sait. Les contractions ne peuvent pas rivaliser avec la façon dont tu me manques, je n'aurai jamais assez mal au ventre. Voilà, je saigne pour toi, j'ai eu très froid pour toi, je t'embrasse.

Lorsque je me suis réveillée, ce matin, tout de suite je me suis dit ton prénom, puis j'ai entendu la respiration de mon mari, ensuite j'ai senti les contractions de mon ventre, et enfin j'ai entendu le vent. Exactement dans cet ordre : toi (ton prénom), le souffle endormi de mon mari, les froissements de mon ventre, le bruit du vent. Tu as une présence incroyable en moi.

Je t'embrasse.

Tu règles le compteur en ligne sur le jour, l'heure, la minute, la seconde de notre future rencontre.

J'aimerais mettre plusieurs compteurs en route, pour je ne sais où, plein d'autres compteurs pour plein d'endroits, plein de moments avec toi.

Je t'embrasse, j'embrasse ce sourire que tu m'as envoyé hier en webcam du soir.

Oui, d'accord, si tu veux, nous volerons des mots au livre, il y aura des mots pour toi seul, oui, des mots avec ma voix, des mots que je prononcerai seulement pour toi, comme des exceptions.

Demande-moi des mots réservés pour toi, je t'en donnerai, demande-moi ce que tu veux, je te dirai oui.

Je t'embrasse.

Ce qu'il y a entre nous, c'est une bille, minuscule et compacte, qui contient ton désir contre le mien. Elle est plus petite que les molécules de l'oxygène qui la logent. Elle est si menue, si ténue, que je suis la seule au monde à la voir. Elle passe dans tes poumons en prenant appui sur toutes les particules de l'air, de l'eau, des fils électriques, téléphoniques, des ondes hertziennes et satellites, des pluies et des brumes sur plus de 500 kilomètres. Parfois, elle triche en se laissant aller dans le vent. Elle ne se perd jamais. À chaque fois que tu inspires, à chaque lampée d'air, elle entre en toi. Si tu ne veux pas me désirer, si tu ne veux pas avaler de l'air pollué par cette toute petite bulle de moi, arrête de respirer.

Je t'embrasse.

Je ne sais pas, tu n'es pas comme les autres personnages, tu n'es pas comme les autres écrivains, tu n'es pas comme les autres hommes. Je ne sais pas comment tu es, mais tu n'es pas comme eux. Tu es plus loin, tu es plus près, non tu es plus proche, tu es moins arrogant, moins peureux, enfin ça dépend, tu es plus libre et presque trop, tu es comme un rêve, mais un rêve chronique, un rêve éveillé et presque douloureux, tu es comme l'homme invisible mais invisible pour le toucher et pourtant tu n'es pas intouchable, invisible pour l'odeur, mais pas inodore, alors comment on dit ? Tu es plus abstrait que les autres, et pourtant si présent, tu es d'une incroyable présence et d'une absence si sensible, à vif. Tu es plus sucré, et pourtant très océanique, tu es plus silencieux que les autres, tu me regardes à la webcam et personne ne m'a jamais regardée tous les soirs comme ça, en petits autoportraits avant de dormir. Tu as un regard différent. Et puis tu es tout ce que je ne sais pas que tu es. Tu es celui que je ne connais pas, mais dont je sais des choses que personne ne sait. Tu es celui que je connais. Si mal, pas assez. Tu es celui que je voudrais connaître.

Je t'embrasse.

Mais non, j'ai ma vie chez moi, dans un paysage où tu ne tiendrais pas debout deux minutes, avec mes enfants et mon mari, ce n'est pas incompatible avec notre histoire, cela ne la concerne pas, tout simplement. Notre liaison n'est ni géographique ni conjugale. Tu sais bien comment nous sommes reliés, ce n'est pas par nos choix de vie, ni même nos caractères, mais par nos écritures, nos lectures, et, peut-être, nos corps. Par nos différences, justement. Oui nous sommes différents, et nos différences nous relient, ce sont les vides et les pleins de l'écriture, les silences et les bruits de la lecture, les mots, la ponctuation.

Nous ne sommes peut-être reliés que par ce livre.

De quels espoirs parles-tu ?

Ce matin je me disais, s'il ne veut pas de moi, est-ce que je continuerai à écrire, est-ce que je pourrai encore écrire ? Parce que maintenant, j'écris autrement, difficile de revenir en arrière.

J'écris différemment, et je ne suis pas encore habituée à ma nouvelle écriture, un peu comme si des ailes, ou, je ne sais pas, d'autres bras, d'autres jambes, poussaient sur mon corps, et qu'il me fallait adapter ma démarche. Oui, c'est ça, tu changes ma démarche d'écriture et, pour le moment, j'ai encore besoin de toi pour me servir de cette nouvelle façon d'écrire. Ce ne sont pas des espoirs que tu as placés en moi, tu m'as greffé d'autres mains pour écrire, j'apprends à m'en servir, sans perdre l'usage des miennes. Tu m'as greffé des mains, les tiennes, j'écris à deux maintenant, j'écris à quatre mains.

Tu me manques plus que d'habitude.

Je t'embrasse.

Je crois qu'il n'y a personne avec qui je peux affirmer avoir eu cette complicité, cette véritable mise en commun de cette intimité d'écrire, personne, sauf toi.

Avec toi, je partage ce que j'ai de plus intime : l'écriture en cours, les brouillons, tous les brouillons, jusqu'aux débuts de textes. Ce que, de cette écriture, je n'ai jamais donné à personne : l'abandon, la confiance, la confidence, la proximité. Je ne sais pas si tu as conscience de tout ce qu'il y a dans ces mots. C'est à cause de cet abandon de l'écriture, de cette proximité entre toi et moi, que j'ai l'impression de si bien te connaître. Et cette proximité, cet abandon sont enfin réciproques. Maintenant tu me fais confiance, tu me laisses lire tes brouillons, et même, tu me le demandes.

Il n'y a personne d'autre avec qui je peux à ce point relier des phrases. À t'écrire et te lire, à te relire encore, je suis persuadée qu'entre toi et moi il y a cette familiarité d'écrire, et cette familiarité n'existe qu'entre toi et moi. Personne autour de nous ne connaît nos écrits comme nous les connaissons, toi et moi.

Ce soir je t'écrirai une lettre avec des phrases comme celles qui te manquent.

Je t'embrasse.

Tous les soirs, je t'envoie ce que tu attends de moi, des mots qui nous tiennent ensemble, des points de désir qui ponctuent mes lettres.

Je suis un de tes personnages. Je suis une femme dans ta tête, un fantasme, juste un fantôme. Mais il suffit que ce fantôme te regarde, te parle, t'écrive, pour que le désir bouge, sorte de mes lettres et s'installe en toi. Je connais ce pouvoir immédiat que j'ai sur toi, ça me donne une sensation de puissance, mêlée de tristesse, dont j'ai envie d'abuser.

Je t'embrasse.

Je vais essayer d'écrire en te donnant envie de lire lentement, très lentement, le plus lentement possible. Si je n'y arrive pas, je recommencerai demain, et le lendemain encore, jusqu'à ce que mes mots se détachent, un par un, un, puis un autre, et que tu goûtes chacun d'eux, que te vienne comme l'effet de matière de chacun de mes mots sur ta langue, à tes lèvres, et dans la gorge.

Mon mari travaille en bas. Je t'écris dans mon lit, les cheveux mouillés rafraîchis par le vent qui traverse les voliges. J'ai remonté la couette sur mes épaules, je suis sur le ventre, appuyée sur les coudes, j'ai froid un peu et tu t'es tellement éloigné de moi la nuit dernière que je ne sais plus trop comment te caresser.

Tout ton corps est tendu, hérissé, agacé de je ne sais quoi dès que tu penses à moi. Tu es sur le ventre toi aussi, la tête tournée de l'autre côté, les yeux ouverts dans la nuit, je ne sais pas ce que tu regardes ni de quoi tu te protèges, tu as les bras repliés sous toi, comme disparus. Je ne peux pas te prendre la main. Je me redresse et je m'assois à côté de ton corps réticent. Je te parle mais tu ne réponds pas. À peine clignes-tu les paupières pour humidifier tes yeux, à peine respires-tu, comme si tu retenais tout mouvement. Mais tu ne fermes surtout pas les yeux, tu ne t'arrêtes surtout pas de respirer, même une fraction de seconde, comme si tu avais peur que j'interprète tes yeux fermés et ton apnée comme une émotion, une invitation, une porte entrouverte dans ton corps clos. Je te parle plus doucement, je ne te parle pas vraiment, je prononce juste ton prénom. Je répète ton prénom, je te demande ce que tu as. Je me tais, je ne t'appelle même plus, je pose doucement ma main droite dans le bas de ton dos, et avant même de toucher ta peau je ressens cette tension qui ne te quitte plus. Je pose quand même ma main dans le creux de tes reins, au plus près de cette contraction, de cette mésentente de ton corps. Je me dis que si tu ne veux vraiment pas de moi, tu te tourneras et tu me repousseras, ou tu me diras : arrête. Je me dis que tant que tu ne bouges pas, tant que tu ne parles pas, tant que tu ne m'arrêtes pas, quelque chose en toi me garde. Je laisse aller ma main le long de ta colonne en slalomant entre tes vertèbres, je trace une écriture sinueuse, pleine de déliés, et, petit à petit, centimètre par centimètre, ton corps se dénoue.

Alors mon autre main se glisse entre tes cuisses serrées, et comme elles s'ouvrent, je caresse l'intérieur de tes cuisses, de tes genoux, l'envers des mollets.

Ma main droite a quitté ton dos pour suivre tout le contour de ton corps, comme si je voulais le dessiner, le tracer à la craie sur le drap et dans l'air, en trois dimensions. Cette main ouverte et moulée sur les reliefs de ton corps essaie de reconnaître tout ce qu'elle touche. Le tracé des oreilles, des hanches, les bords fermés de tes lèvres, tes sourcils irréguliers, tes dents humides sous la pulpe de mes doigts quand enfin tu souris.

Je voudrais qu'après tu te retournes, que tu prennes mon visage dans tes mains, et que tu m'embrasses longuement.

Je ne sais pas, mais je te trouve distant. Parfois, tes lettres ne sont pas comme d'habitude, c'est tout, peut-être est-ce moi qui ne lis pas comme d'habitude. Je respecterai la distance que tu choisiras, mais j'espère qu'elle aura tout juste l'épaisseur de mes cheveux coincés dans tes bras.

Mon mari ce matin m'a amoureusement préparé un sandwich pour mon voyage, puis il m'a accompagnée jusqu'à la voiture, il n'était pas habillé, il était en slip et tee-shirt, mais il faisait doux, il m'a dit profites-en. Je crois qu'il était sincère, il n'y avait aucune ironie dans sa voix.

Il fait si doux c'est vrai, tout est doux, même les mots de mon mari, c'est étrange, je ne suis pas habituée à tant de douceur, dès l'aube et malgré l'altitude, il y avait même des sons d'oiseaux de printemps.

Je t'embrasse, à ce soir.

II

Et sous les lignes, tout le reste, le souvenir de tout le reste : nos corps, nos regards, nos rires, ma tentative échouée d'essayer de t'embrouiller au petit dèj jusqu'à ce que tu n'arrives plus à compter tes tartines, ce dîner de cons où l'on s'est fait piéger en riant, notre marche la nuit dans ta ville, ta lecture merveilleuse du livre, la pluie et le soleil alternant derrière tes fenêtres, comme une petite lutte entre nous, amoureuse et absurde (je voulais qu'il pleuve, tu voulais qu'il fasse soleil).

Depuis que tu m'as prise dans tes bras, tes lettres gagnent en puissance, en ampleur aussi. J'aime savoir que dans tes mains le souvenir de ma peau, déposé sur le clavier, donne encore une autre dimension à ton écriture.

J'aime ce que nous faisons tous les deux, écrire sous le magnétisme, la contrainte du désir.

Il y a un mois, toi tu ne suivais pas, tu ne savais pas, tu passais à côté, je ne sais pas, tu ne comprenais pas, tu restais presque indifférent à ce désir. Tu ne le captais pas.

Depuis quelques jours, tu attrapes mes mots impatients comme avec de nouvelles antennes, je le vois bien, et nos désirs se croisent, et peut-être même se multiplient l'un l'autre, ils sont ranimés sans cesse l'un par l'autre. J'écris, je t'écris, avec cette envie de toi qui ne me quitte pas, plus forte qu'avant parce qu'elle se nourrit de la tienne, elle est dilatée, distendue, elle fait le tour de moi, puis elle me ceinture, et quand tu m'écris ton envie de moi, j'ai l'impression que mon désir me serre d'un cran supplémentaire.

Mon écriture n'est pas seule responsable de ta curiosité, elle n'ouvre pas tous les gestes, elle n'invente pas seule notre histoire, à peine fait-elle naître ce frisson à répétition dans ton oreille quand j'y passe ma langue. Ma langue dans ton oreille, ce sont mes mots que tu écoutes, et auxquels tu as répondu oui, des oui chuchotés et démultipliés. Je les entends encore, en écho dans ma mémoire de toi, je me les répète, dans ma tête, à part moi, en secret et en silence.

Tu as une telle mainmise sur moi, une telle autorité, qu'un regard, un sourire, un geste de toi suffisent à me faire perdre tous mes repères, comme lorsque tu m'as réveillée, ou plutôt que tu ne m'as pas réveillée, lorsque je ne savais plus où j'étais, qui j'étais, qui tu étais, tu m'embrassais et tu me parlais en rêve, et pourtant ce n'était pas un rêve, mais je n'arrivais pas à me réveiller, tu me prenais dans mon sommeil, tu me prenais pour m'emmener ailleurs, mais c'était si loin déjà, je ne sais même pas où c'était, c'était à l'envers de moi, tu m'emmenais dans un envers de moi que je ne connais pas, je ne veux pas aller plus loin encore, je vais être complètement perdue sinon. Alors, s'il te plaît, n'apprends pas trop vite, n'apprends pas trop vite à me connaître.

Je t'embrasse, lentement, longtemps, entièrement.

Non, je n'avais pas l'impression que tu te moquais de moi, j'étais juste surprise. Ce n'était pas un rire moqueur. Il était beau, ton rire. Il était plutôt comme un chant, celui du vent dans les roseaux.

Je l'ai entendu dans le train du retour. D'abord, j'ai cru à un joueur de flûte, flûte à bec ou de pan, mais il n'y avait pas de joueur de flûte dans le compartiment. Cette musique était très aléatoire, parfois assez forte, parfois en sourdine, sans mélodie précise, sans rythme régulier. Elle revenait, repartait. J'ai regardé dehors, et je me suis dit que c'était peut-être le corps du train lui-même qui chantait. Tu sais, des fois, les métaux en mouvement, ou soulevés par le vent, l'alu, les mécaniques, chantent comme ça, les escalators en plein air, les tiges métalliques détachées. Le train devait avoir un dysfonctionnement quelconque et chantait en frottant son métal à l'air et à la vitesse. Mais le train s'est arrêté et la musique étrange a continué, comme si l'arrêt du train n'avait aucune action sur elle. Le train a redémarré, la musique ne variait toujours pas, ou plutôt elle avait toujours les mêmes variations, forte puis faible, assurée puis hésitante, arythmique. J'ai arrêté de m'interroger sur cette musique, j'ai posé mon stylo à côté du carnet sur lequel j'essayais de la décrire pour toi. Je me suis levée pour aller aux toilettes : il y avait vraiment un joueur de flûte, réfugié, sans doute pour ne pas gêner, entre deux compartiments. Il tenait l'instrument de côté, comme une flûte traversière, c'était une flûte tout en bois, une sorte de bambou. Ce n'était ni une flûte traversière, ni une flûte de pan, je n'avais jamais vu une flûte semblable. La musique diminuait quand les portes se fermaient, reprenait crescendo quand quelqu'un passait. J'ai souri à cet homme qui transposait, répercutait ton si beau rire. Celui que je faisais naître avec mes doigts. Ce rire me manque maintenant.

J'aimais te regarder dormir et t'écouter respirer, j'aimais prendre dans ma bouche ton souffle, t'aspirer, aspirer tes mots, tes baisers, tes chuchotis, tes tremblements, passer ma langue sur tes phrases, tes dents.

Tout ça me manque maintenant.

Je t'embrasse, et oui, je te regarde, je te regarde au-dessus de moi, mais tu n'y es pas, tu n'es pas là.

Tu es un homme d'eau, tu sais, l'homme le plus liquide et clair que j'ai connu. Tu transpires beaucoup, cette transpiration n'a aucune épaisseur, elle glisse sur toi, elle est très fluide, très peu salée, transparente. Tu ne transpires pas : tu coules, c'est de l'eau, tu te recouvres d'eau et tu me recouvrais d'eau. C'est cet écoulement, et ta peau de soie, cette peau très blanche, une peau de lait, qui me faisaient dire que tu avais une peau de femme.

Tu lubrifies beaucoup aussi, beaucoup plus qu'un homme ordinaire, et ton sperme est comme ta sueur, très liquide et clair, neutre, comme de l'eau lui aussi. On dirait que tu n'as aucune matière, aucune rugosité, aucune prise. Tu glisses, tu échappes. J'avais l'impression de flotter dans l'eau de ton corps. Toi, tu te déshydratais, tu perdais tout ton sucre, ton eau, tu me les donnais. Je me servais, je léchais cette eau sucrée.

J'ai soif encore. J'ai la bouche sèche.

Je t'embrasse.

J'aime savoir ça : puisque tu l'embrasses, mon ventre sera dans tes livres, puisque je te caresse, tu écriras ton plaisir, celui que je te donne. Et moi j'écrirai ta peau de lait, tes lèvres, ton odeur d'eau. Bientôt, ma langue qui s'attardait dans ton oreille sera mêlée à celle que tu inventes pour écrire. Nos langues réelles se mélangeront à celles de nos livres. Pas seulement dans ce roman, mais aussi dans les autres. Nous garderons cette proximité dans l'écriture. Nous nous écrivons, et nous nous écrirons encore, longtemps après la fin de notre histoire.

Je t'embrasse, tes yeux me manquent, et tes bras, tes mains, ta bouche, ta voix, ton rire et tes oui musicaux et mouillés qui se propageaient dans ma nuque.

Je voudrais quelque chose de spécial, spécial pour moi, et je ne sais même pas quoi, c'est pour ça que je ne peux pas te le demander.

Tu dis que je suis une pente, que toutes tes pensées coulent, glissent en moi, vers le fond de la pente, le creux de la vallée. Je veux bien, oui, je suis ta pente. Viens encore, viens, descends ton corps d'eau jusqu'à moi. Puisque je suis ta pente, tu es cette rivière en bas de moi.

Je t'embrasse, tu es encore en moi, je le sens quand je te lis.

Je préfère te faire rire, balader mes doigts sur ta peau si sensible et jouer de ton squelette de bambou, entendre le plaisir siffler dans ta bouche.

Avec mes doigts sur toi, je te fais rire, avec mes doigts sur le clavier pour t'écrire je te fais pleurer. Ce soir je voudrais à nouveau te faire rire, mais impossible de te caresser à cette distance.

Tu viens de te coucher et tu m'as écrit viens dans mes bras au-dessus de ta photo.

Tu liras cette lettre à ton réveil, alors je ne te dis pas bonne nuit mais bonjour, tu viens d'ouvrir les yeux, je suis là quand tu les ouvres, tu es reposé, je te souris, je t'embrasse, j'embrasse tes yeux encore ensommeillés.

Je n'avais pas pensé à ça, que je laisserais des cheveux chez toi : alors c'est vrai, je suis bien venue chez toi, nous avons fait l'amour longuement, ce n'était pas un rêve, je n'ai pas rêvé ton rire et tes mains, tes paupières douces et ta bouche ouverte, tes oui mélodiques et ta peau blanche.

Ce soir tu me manques plus qu'avant.

J'essaie de lire, de fermer les yeux. Mais le livre que je lis, comme tous ceux que j'ai lus depuis le début de notre roman, ce livre parle de toi à chaque ligne, et si je ferme les yeux, j'ai la sensation qu'on m'a greffé tes paupières à la place de l'envers des miennes.

Ce sont des paupières transparentes pour voir en toi, des paupières étanches pour voir sous l'eau, tu sais, comme les paupières supplémentaires des crocodiles. Je les vois en essayant de dormir, je les sens, et je voudrais les lécher longtemps, jusqu'à ce que tu t'endormes, à des centaines de kilomètres.

Quand nous nous sommes vus, ces deux jours deux nuits, ton regard me collait comme ces paupières surnuméraires, je n'ouvrais les yeux que sur les tiens, chaque geste entre nous était une main tendue, une main attrapée, une main tenue, une main dans celle de l'autre, et quand nous faisions l'amour ton sperme était de la limaille de fer, il courait vers ma peau en aimant.

Je ne sais pas encore si je suis aimée ou si seulement mon corps, mes gestes, mes yeux, ma voix t'aimantent et te maintiennent là, mais déjà tu m'as donné des yeux de crocodile.

Je t'embrasse, j'embrasse tes yeux fermés sur les miens.

Oui mais notre histoire ne me paraît pas réelle. Il manque le toucher, le goût, l'odeur : on dirait un roman, un roman d'amour, réaliste, mais un roman. Je t'embrasse, tu es si loin, et quand tu m'écris que je mets trop d'espoir en toi, tu t'éloignes encore plus, tu m'abandonnes, je voudrais que tu reviennes vers moi. Je voudrais que tu m'embrasses à nouveau dans le cou, que tu te caresses dans ma nuque et que tu jouisses dans mes cheveux, je voudrais te caresser et te lécher partout, des pieds à la tête, doucement et longtemps.

Mon mari aimait m'allonger sur la table de la cuisine. Il prenait une chaise, s'asseyait entre mes jambes. Je crois que je fermais les yeux. Il ouvrait mes cuisses et me regardait, m'embrassait et me léchait si longuement que je nous croyais amoureux. Toi et moi nous n'avons pas cette attente encore, notre désir est brutal, pressé, agacé par la distance. Je voudrais qu'on prenne le temps, le temps et la douceur, comme dans la patience du mariage, je voudrais que tu effleures mes paupières avec le bout de ton sexe pour remplacer les larmes par du désir, je voudrais que tu fasses ce que tu veux avec mon corps, sans me le demander, et je ne te dirais pas si tu me fais mal, je voudrais qu'on se regarde longtemps, nus, tout près l'un de l'autre, sans se toucher, aussi longtemps qu'on le peut. Je voudrais du temps. Je voudrais faire l'amour avec toi dans une maison au bord d'un lac, d'une rivière, de la mer, au bord de l'océan. Je voudrais de l'espace et de l'eau. J'ai toujours besoin d'eau avec toi, je suis toujours dans l'eau, j'ai besoin de la voir, de l'entendre, la sentir, la savoir couler, baiser la berge, clapoter tout près. Je voudrais que tu me caresses partout avec ton sexe et avec ton sexe seulement. Je voudrais que tu me prennes un peu plus dans tes bras en public. Je voudrais qu'on s'enferme toute une nuit et un jour pour faire l'amour. Je voudrais qu'on parte en voyage n'importe où rien que toi et moi. Je voudrais qu'on fasse l'amour dans les bois, s'il y a un ruisseau, une mare, un torrent au milieu. Je voudrais que tu me caresses tout doucement en parlant, sans t'arrêter de parler. Je voudrais que tu te caresses, que tu jouisses dans tes mains, et qu'après tu me lisses partout avec elles. Oui ça fait beaucoup de caresses, je sais, mais beaucoup de caresses ce n'est pas encore assez.

Je t'embrasse.

Toi, tu as choisi de faire ce que tu veux de mon corps. Je pourrais être ta marionnette. Je suis ta marionnette, je me mets entièrement entre tes mains. Je m'allongerai et tu manipuleras mon corps comme tu veux, comme un marionnettiste, c'est toi qui tiens et tire les ficelles, depuis le début. Je ne te dirai rien. Et si tu me fais mal, parce que je suis une marionnette vivante, je ne te dirai rien non plus. Tu joueras avec mes bras, mes jambes (mes articulations sont des clés que tu sais déjà tourner dans le bon sens). Nos os grinceront quand tu auras ouvert mon corps comme une porte et glissé le tien, nos os grinceront et j'aimerai ce bruit. Je passe du passé au présent, du présent à l'avenir, du conditionnel au futur, je reviens au passé s'il le faut, mais toujours entre tes mains.

Ne me laisse pas, serre-moi plus fort que tu l'écris, je voudrais que tes bras soient plus puissants que tes mots, tes pensées plus fortes que tes phrases.

Je t'embrasse.

Je ne t'entends pas. Je n'entends pas le cliquetis de serrures, je n'entends aucun son de clés, je n'entends pas le frottement des os.

Je t'embrasse, je t'embrasse réellement, je connais le goût de ta bouche, de tes lèvres, de ta langue, je connais la texture lisse de tes dents, je connais l'odeur claire de ta peau, de ta sueur et de ton sperme, ton odeur nu, je connais le velouté de l'intérieur de ton oreille, laisse-moi espérer les retrouver, laisse-moi espérer ce que je veux, occupe-toi de ta réalité, occupe-toi de tes espoirs, s'il te plaît, ne rétrécis pas les miens.

Depuis quelques jours, tu m'écris avec des mots plus gros que les choses, tu es fou de moi, je suis la femme que tu aimes, et je sens que tu forces l'histoire, à ce moment-là.

Il ne faut jamais écrire avec des mots plus gros que les choses. Au contraire, il faudrait toujours n'écrire qu'avec l'interdit, ce qui est dit entre les choses, les mots, les lignes, dans le blanc, les espaces.

Je n'aime pas les hommes qui font leurs malins avec des grands mots, je préfère que tu t'abandonnes, comme quand tu ouvrais les yeux après les avoir fermés longtemps.

Je t'embrasse.

Tu sais, ce que je ressens pour toi n'est pas venu comme ça d'un coup, même s'il y a eu un moment de bascule dans les lettres, c'est venu petit à petit, très vite, mais petit à petit, ça n'a jamais cessé de progresser, comme les enfants grandissent, millimètre par millimètre, on ne s'en rend pas compte, et puis soudain, les enfants sont plus grands que soi. Maintenant, mon amour pour toi est comme ça, il me dépasse. Rien à voir avec les grandes pluies qui emportent la rivière en quelques minutes. Je me suis noyée tellement peu à peu que je ne m'en suis pas aperçue. Mais, lorsque j'ai ouvert la bouche, elle s'est remplie d'eau.

Je t'embrasse.

Cette nuit, j'étais en train de dormir dans mon rêve, je rêvais que je dormais, et je te cherchais, je t'appelais, doucement et longuement. Je t'appelais et tu n'étais pas là bien sûr, ni dans mon rêve ni en vrai, alors, au bout d'un moment, perdue, apeurée, j'ai appelé en rêve mon mari, une seule fois — j'avais répété ton prénom sans arrêt —, une seule fois, et, tout de suite, dans mon rêve, il m'a répondu je suis là, je suis là, ne t'inquiète pas. Je me suis réveillée, je me suis détestée d'avoir fait ce rêve, d'avoir si peu confiance en toi, j'ai regardé mon mari dormir, et je me suis levée pour voir si j'avais un message de toi.

J'ai l'impression de ne plus te reconnaître, ouvre-moi les yeux, dis-moi que c'est bien toi, que c'est bien à toi que j'écris, que c'est bien toi qui me lis et m'embrasses, je n'arrive plus à te faire confiance, je ne reconnais plus ta façon d'écrire, j'ai l'impression que tes lettres sont celles de quelqu'un d'autre. Embrasse-moi, aide-moi à te retrouver.

Je t'embrasse, je mets ton corps en éveil, je le prépare à se déplier pour prendre le mien comme une main entoure ce qu'elle veut saisir. Je voudrais qu'il ne se déplie plus, qu'il ne s'ouvre plus, qu'il reste autour du mien, fermé comme cette main. Tiens-moi dans ton corps, ne me laisse pas, ne m'abandonne pas, ne me laisse pas tomber. La main maladroite laisse s'échapper et se briser ce qu'elle avait enfin réussi à tenir.

Je voudrais imprimer dans ta mémoire quelque chose de nous, des traces, des chemins d'empreintes, des creux. L'eau en laisse dans les vallées, dans les roches. Comment faire pour que mon corps marque des sinuosités dans ta tête. Et nos mots aussi, nos mots non écrits.

Je t'embrasse, je passe ma langue entre tes lèvres, sur elles, sous elles, je les dessine, puis dans ta bouche et sur tes paupières, dans tes oreilles, dans ton cou, sur ton ventre et de ce long baiser tu ne l'oublieras pas. Il est écrit.

Tu te souviens, quand nous sommes rentrés le deuxième soir, nous n'avons pas parlé avant de faire l'amour. Je m'étais déshabillée, tu ne bougeais pas, tu me regardais. J'avais écarté les draps et la couverture, je m'étais glissée dedans. J'étais sur le ventre, une jambe repliée. Je cherchais le sommeil. Je voulais dormir, et me réveiller avec toi. Tu t'es déshabillé à ton tour. Je t'entendais à peine bouger, j'entendais les claquements assourdis des boutons de ton jean, le léger chuintement du coton tombé sur la chaise, l'imperceptible souffle du tee-shirt remonté dans ta nuque et passé par-dessus ton visage. Je ne te regardais pas, je dormais presque, mais je savais que tu bandais parce que je le voulais. Tu t'es mis contre moi. Tu te pressais dans mon dos, je sentais ton sexe dans le creux de mes reins, tu es resté un moment comme ça, avec ton sexe dans mon dos, en attente, et ta tête repliée dans mon épaule. Je me suis endormie. Lorsque je me suis réveillée, tu te caressais entre mes fesses, ton visage dans ma nuque, que tu croquais doucement. Tes dents mordillant la racine de mes cheveux m'avaient réveillée, j'ai senti après tes mains écartant mes fesses et ton sexe si chaud et filant, j'avais une étoile frémissante et brûlante en bas du dos, comme si tu avais détaché une mèche à la chevelure d'une comète pour la greffer sur ton corps, quelque chose de bouillant et doux, insaisissable aussi. Je sentais la dureté de ton sexe, mais tu bougeais tellement que je pensais ne jamais pouvoir l'attraper. Tu t'es redressé. Tu as promené ce rayon dans tout mon dos, tu t'attardais sur mes fossettes, je sentais dans chaque petite doline l'extrémité toute mouillée, impatiente et presque balbutiante du gland. Quand tu m'as pénétrée, une chaleur et une lumière inhabituelles m'ont déchirée, comme ces jours gris, tu sais, où le ciel est gros de nuages derrière lesquels pourtant le soleil se presse, ça fait mal aux yeux, et tout d'un coup le soleil ouvre la bande nuageuse, il perce la peau épaissie d'eau du ciel, sa lumière suinte au bord retroussé des nuages, il coule partout, déborde. Tu as replié tes bras contre mon corps, tu m'as tenue prisonnière, tu serrais, très fort, tu me serrais très fort, je ne pouvais plus bouger, et tes murmures se répercutaient dans ma peau, je les entendais de l'intérieur. Ils étaient très légers, mais cognaient en moi, parce qu'ils passaient par une partie de moi plus sensible que mes oreilles. J'aime quand tu murmures, même si je ne comprends pas tout ce que tu dis. J'aime sentir les sons de ta voix. Les prendre sur ma peau tendue. Quand tu as joui, tes bras ont relâché leur emprise. Tu es resté en moi et nous nous nous sommes endormis, le soleil dans mon ventre s'est éteint peu à peu, à l'aube nous avons eu froid, mais sans te détacher de moi tu as remonté les draps et la couverture.

Pourtant, difficile de déplier nos phrases et de les écarter, de les décoller les unes des autres et de les détacher de nous.

Mes mains te cherchent, si souvent, mes doigts ont la mémoire de ta peau, des frissons sur elle accompagnés de ta voix. Mes mains sont pour toi. Je voudrais que tu t'allonges sur le ventre et que tu me laisses ton dos entier pour mes mains, de la nuque aux reins. Je te touche à peine, mais ça déplace en toi des mondes, des montagnes, des océans. L'air entre mes doigts et ta peau, tes vertèbres, tes omoplates, est gonflé de mes mots, de mon désir, de ton rire.

Ma bouche est pour toi, elle aussi, elle cherche la tienne, tes lèvres, tes dents, ta langue, ton ventre et ta poitrine. Ma bouche te dira ce que tu veux entendre. Je voudrais que tu t'allonges sur le dos, et que tu me laisses ton ventre lisse pour ma bouche. J'embrasse toutes tes côtes, une par une, elles se soulèvent parce que ton souffle à la fois s'accélère et s'épanouit, mes lèvres suivent leur mouvement. Et les mouvements de ton sexe aussi, qui s'épanouit pareil, mais plus fluide et plus facile à comprendre.

Ma langue, je l'invente ici pour toi, une nouvelle façon d'écrire, pour te parler. Te parler ici, et aussi plus près, dans quelques jours, ma langue plus près de toi, dans ton oreille, sur tes paupières, dans ton cou, longtemps, jusqu'à ce que je n'aie plus d'encre, plus de salive. Je veux te parler, et t'écouter surtout.

J'adorais t'écouter parler.

Mes yeux sont les tiens. On s'est beaucoup regardés quand on faisait l'amour, je te regardais me regarder, je te regardais quand tu étais sur moi et en moi, parfois je ne te voyais plus, parce que je ne savais plus où j'étais, j'ouvrais quand même les yeux, très grands, pour te prendre à l'intérieur de mon regard, pour te prendre comme tu me prenais. Je voulais te contenir entier dans mes yeux, alors je ne te regardais plus, je ne regardais plus que cette partie de toi par où je pouvais vraiment, à mon tour, entrer en toi : tes yeux. Je ne sais pas si tu te souviens de ça, comment je cherchais tes yeux, ton regard, et comment je m'y étais accrochée quand je l'avais trouvé.

Je t'embrasse, je cherche à nouveau ton regard, je le chercherai encore, jusqu'à ce que tu te détournes.

C'est vrai, c'est notre maison ici. Le seul lieu où l'on est vraiment ensemble, toi et moi, qui nous appartient, c'est ici.

Cette maison, ce livre, nous l'habitons ensemble, et ce que nous faisons dedans, c'est elle-même. Nous la construisons, nous l'aménageons, petit à petit, lettre par lettre. Quand elle sera finie, nous l'habiterons, nous l'habiterons ensemble, mais ce sera le seul endroit où nous pourrons nous tenir tous les deux.

Aucun autre espace n'est vraiment et ne sera vraiment à nous, à nous deux, que ce livre. Est-ce que ce livre est une maison ? Peut-être est-ce une forêt, nous plantons des arbres, nous écrivons les sous-bois, nous n'oublions pas les odeurs, les mousses, les obscurités.

Peut-être est-ce juste un champ, nous semons de l'herbe, des graminées, nous les saupoudrons d'insectes, fourmis, papillons, et toi tu y déposes chaque matin la rosée que je bois goutte à goutte en me réveillant.

Peut-être que nous fabriquons un lac, nous creusons dans la terre, puis nous drainons par des chemins, des sillons, l'eau des rivières pleines de poissons conciliants. Ensuite, nous sifflons pour appeler des oiseaux d'eau. Ils viennent peupler le lac à grands bruits d'ailes nonchalantes. Ou bien nous domptons et dressons des canards sauvages à rejouer la légende : ils se posent sur une étendue d'eau, l'hiver vient d'un coup, en quelques secondes l'eau gèle, les canards en s'envolant l'emportent, tenue et tissée autour de leurs pattes, puis ils la déposent là où nous leur avons demandé, dans cette vallée verte que tu aimes tant. Il ne nous reste plus qu'à souffler nos souffles chauds d'amants dessus pour que le lac se liquéfie, prenne sa forme arrondie dans le fond de la vallée, et libère les canards sauvages.

Notre livre est peut-être ces montagnes dont tu prétends que notre travail est de les créer, et c'est fascinant pour nous de froisser la croûte terrestre. Nous dessinons ces lignes de rivières, ces affluents, ces fleuves, tu dis qu'ils se jettent dans les bras l'un de l'autre, oui, avec nos lettres nous traçons ces lignes, c'est alors très facile de détourner les cours d'eau. Nos lignes d'eau se croisent, se substituent les unes aux autres, nous serpentons ensemble et l'eau ouvre des brèches, elle forme de violents torrents glacés et bruyants dans les montagnes, notre histoire fait du bruit et rien ne l'arrête.

J'entends résonner près du ciel. Alors nous construisons avec patience un glacier, rien que ça, nous transportons de gros blocs de mots translucides que nous appelons des lettres, le glacier d'apparence immobile bouge et coule par en dessous, grince et menace, phosphorescent, tout homme qui s'aventure dans son territoire. Nous écrivons la majesté verte et blanche et lumineuse de ce glacier.

Ou bien nous sommes assis sur une simple plage. Nos phrases, nos mots sont des cailloux que nous croquons, que nous mastiquons jusqu'à les réduire en sable, et que nous recrachons en souriant. Notre livre est une sablière. Et puis, tu t'essuies les lèvres, tu me prends dans tes bras et tu viens en moi comme la marée monte et lèche le sable neuf.

Si nous polissons les cailloux sans les croquer, si nous les suçons seulement, c'est que nous sommes au bord de la rivière, nous léchons les galets. Je me couche pour te devenir ton lit, le lit de la rivière.

Je t'embrasse, je sens de fins cristaux de sable et des poissons minuscules dans ta bouche, ton corps tout entier s'est rassemblé dans le courant, il est ce mouvement en moi, il bat comme les ailes des oiseaux d'eaux répondant à notre appel.

Ce matin j'ai fait une longue promenade avec mon plus jeune fils, j'ai essayé de lui parler, mais il n'a rien voulu entendre, rien savoir. Alors je l'ai laissé s'inventer des découvertes et des aventures, des explorations à travers les ruines, les forêts et les champs que nous avons traversés.

Au retour je me suis violemment disputée avec ma fille, pour des histoires domestiques sans aucune importance, et j'ai compris que c'était peut-être elle qui avait besoin de savoir, d'entendre. Je lui avais déjà parlé, mais elle n'avait pas compris, elle n'avait pas réalisé.

Nous avons mangé dehors tous les trois, au soleil, et j'ai parlé à ma fille, je lui ai tout dit à propos de nous. Elle m'a confié qu'elle n'arrivait pas à comprendre comment je pouvais embrasser quelqu'un d'autre que papa, qu'elle ne l'acceptait pas. Lorsque mon mari a adopté mes grands enfants, lorsque mon petit garçon est né, nous pensions tous que notre famille était très forte, mais le couple n'est pas la famille. Difficile d'expliquer à ma fille la vie amoureuse. Je lui ai dit que je ne voulais pas qu'elle décide pour moi, et aussi que tu me rendais heureuse. J'observais mon petit garçon : d'habitude, quand nous parlons de choses importantes, il fait en sorte que nous ne puissions pas nous entendre, il fait le plus de bruit possible, et là, il était étrangement calme, il écoutait attentivement. Il pouvait entendre sans se sentir concerné, puisque c'est à sa sœur, en apparence, que je parlais. Il semblait aller beaucoup mieux. Comme si les réponses et les questions de sa sœur l'avaient soulagé de ce qu'il n'arrivait pas encore à se dire, à se demander, à me demander.

Ce n'est pas simple, parce que, parfois, mes enfants sont ma prison. Ma liberté pourtant. Je me suis battue pour les garder et les élever. Ils sont ma force, ma liberté, et mon mur d'enceinte. Ils m'empêchent de partir, de quitter complètement mon mari, qui les a pris dans ses bras sans question. Ils m'interdisent parfois d'écrire, de vivre ma vie, et dans le même temps, en même temps, ils sont ma vie.

Il y a les tiens, aussi, ces fantômes, ces enfants en devenir, qui sont la fin de notre histoire, parce que tu veux ces enfants et que moi je n'ai plus de place, plus de temps ni de patience pour en avoir d'autres.

Parfois, tu me manques tellement que je pense ne t'avoir jamais vu, que tu n'existes pas.

Dans ma tête depuis quelques jours, depuis que je sais que nous allons nous voir bientôt, je passe ma main sous ton tee-shirt rayé parce que, lorsque nous nous sommes quittés, il y a une dizaine de jours, j'avais commencé ce geste et tu avais enlevé ma main, tu l'avais gardée dans la tienne, tu ne m'avais pas laissée te caresser sous ton tee-shirt, par timidité. Je te caresse le ventre, la main cachée sous ton tee-shirt rayé, il est chaud et lisse. Je crois bien qu'il est chaud et lisse, mais il y a un espace entre ce que touche ma main et ton ventre. Cet espace se mesure en jours, en heures, minutes encore.

Je t'embrasse.

Oui c'est n'importe quoi notre histoire, on ne tient pas en place, on voyage, on ne se fixe plus, on change sans cesse de paysage et de corps. On n'est plus un homme et une femme, on se transforme en plage, en vallée, en rivière, on se disperse, on se disloque, mais toujours dans les bras de l'autre, toujours ensemble. On est ventre contre épaule, une main tenant le pied de l'autre, une bouche ouverte dans le dodu d'un mollet. On est sens dessus dessous. On est à l'envers. C'est du n'importe quoi, mais du n'importe quoi ensemble, c'est du n'importe quoi qui fait sens. J'aime ce n'importe quoi avec toi, et d'ailleurs j'ai envie de faire n'importe quoi avec toi, d'aller n'importe où, n'importe quand. Faire des trucs insensés, me laisser exploser comme tu dis, comme une étoile, et puis me laisser rassembler après, par tes mains, même si tu me remets de travers, parce que oui, tu as raison, cette écriture circulaire a de puissants effets sur nous, tout est décalé, déplacé. Je me sens ivre, déboussolée, dérangée.

Quand je suis dans tes bras, le monde bascule mais je ne tombe pas. J'aime ce dérangement que tu provoques en moi, cette sensation d'être sans orientation aucune, sans filet aussi. Tu sais, ce roman, on l'écrit sans filet, sans aucune protection, on ne sait pas jusqu'où le pouvoir d'écrire nous amènera, on ne connaît pas la fin de l'histoire. On est aveugles, on est aveugles les yeux grands ouverts, on ne les ferme que pour recueillir sur nos paupières les lèvres de l'autre, comme une image encore, comme pour voir encore, voir encore l'autre. Avec cet entêtement de nous chercher partout où on peut se voir et se lire, on ne voit plus rien du monde extérieur, comme s'il n'y avait plus personne, sauf nous, nos corps, nos textes. Plus de paysage, sauf celui que nous devenons. Plus de couleurs, sauf les nôtres. J'ai un voile sur mon regard, comme l'excès de sécrétions, de larmes et de sel cristallisés, après le sommeil, qui empêche d'ouvrir complètement les yeux, je rêvais, j'aimais, j'ouvre les yeux, mais je suis dans le rêve encore, parce que ce sont tes doigts, tes lèvres et ta langue, qui décollent mes paupières en suivant le contour de mes pensées. Ce brouillard sur mes yeux est comme ces glaires épaissies à mon désir, collant bord à bord les lèvres de mon sexe, et qui empêchent d'ouvrir complètement les yeux encore, j'étais prise par tes lettres, je te désirais, et quelque chose me dit ouvre les yeux, arrête de rêver, j'ouvre les yeux, mais je suis dans le désir encore, parce que ce sont à nouveau tes doigts, tes lèvres et ta langue qui dessillent mes lèvres, en suivant le contour de mes pensées.

Je n'y vois qu'à travers toi, avec l'aide de tes doigts, tes lèvres et ta langue. Tu m'ouvres les yeux, tu dilates mes pupilles, tu écartes mes paupières, tu disjoins mes lèvres, j'ouvre les yeux et je te regarde, je t'embrasse, à ce soir.

Nous recollerons les morceaux. Nous écrivons notre histoire, nous collons nos morceaux de vie commune avec nos mots, nos salives. Notre liaison est celle de nos salives, celle de nos baisers, de nos baisers écrits, et nos lettres sont scellées par cette colle très forte, extensible, souple et très solide, mais tu sais, ce collage, cet assemblage de bouts de nous, c'est encore et toujours le travail de la fiction.

On écrit plein de choses qui ne sont pas écrites, mais qui sont dans les choses qu'on a écrites. Maintenant je sais ce que je voulais, je voulais me glisser dans ta parenthèse, devenir ce que tu lis au-delà de mes propres textes, ce que tu imagines. Que tu me lises comme ça, entre les lignes. Je suis celle qui a écrit ces lignes que tu lis, mais aussi celle qui a écrit entre ces lignes, et le personnage que tu imagines. Je voulais que tu me prennes dans tes bras en lisant mes romans. Avant même ces lettres, je voulais que tu me désires, mais je ne le savais pas. Cela fait un peu plus d'un an que nous nous lisons et que nous nous écrivons, et je me demande depuis quand je t'écris aussi sans t'écrire, depuis quand je te désire sans me le dire, depuis combien de temps j'écris des choses qui ne sont pas écrites, mais qui sont dans les choses que j'écris.

Je t'embrasse, je me place dans ta parenthèse, dans les vides de l'écriture, dans ta lecture. Je m'y sens si bien. Je me sens à ma place.

Je n'ai pas peur de te faire mal si je frotte mes lèvres, mon sourire, ma langue, mes dents, mes gencives, l'intérieur de mes joues, contre le gland chaud et sucré de ton sexe.

Toi, tu es parfois si prudent que je te crois réticent. Il ne faut pas que tu aies peur de me faire mal, j'ai envie que tu me fasses mal, parce que tes gestes sur moi, sur ma peau, mes seins, mes lèvres, en me blessant seront en résonance avec ceux dont tu as rempli mon corps à l'intérieur depuis que nous nous sommes séparés à nouveau à la gare, et qui continuent de m'abîmer chaque jour, chaque heure, sans aucune trace, sans aucune cicatrice. J'aimerais avoir des marques de toi sur mon corps comme des preuves rouges, violettes et bleues et vertes et jaunes de notre amour.

Mais je n'ai aucune preuve, que des souvenirs de gestes. Je te caressais longuement les cuisses, le dessus et l'intérieur, tout en prenant ton sexe dans ma bouche. Non, je ne le prenais pas dans ma bouche, pas tout de suite. D'abord je frottais mes joues, mon nez, mes paupières, mes lèvres contre lui, je souriais. Quand je souriais, ça faisait des petites bulles de salive, avec des petits bruits pour accompagner, et tu lubrifiais beaucoup, comme toujours, alors j'humidifiais mes lèvres contre toi. Puis j'ai commencé à lécher ton sexe, de la base au gland, sans rien oublier, les testicules aussi, et je me suis attardée longuement sur le contour du prépuce replié. Je léchais sous le prépuce, et au-dessus, pour mieux te décalotter encore. Je le retroussais avec ma langue, elle devenait une de ces petites vagues mobiles qui repoussent le gravier au bord de la rivière, et, dans le même mouvement, brode une écume qui chuchote sur la rive. Ton prépuce était ourlé et scintillait avec sous ma langue ce même chuchotis d'écume d'eau douce. Puis je t'ai pris dans ma bouche, petit à petit, en serrant mes lèvres comme un anneau, comme si ma bouche était l'eau même et ton sexe un poisson qu'elle avalait vivant. Et, d'ailleurs, il était bien vivant. Il bougeait, se cabrait, comme tenu par le fil incassable et invisible du pêcheur, et moi, moi je n'arrêtais pas de tendre le fil au maximum. Je t'ai pris jusqu'à la base et toi, toi tu me disais oui.

De la rivière, je connais tous les bruits.

D'abord il y a le souffle, il englobe tout le paysage autour. Plus près de l'eau, on entend les bruits de gorge, à cause des grosses pierres rondes qui l'entravent, les battements sourds du courant entre les rochers, puis apparaissent les bruits de bouche des vaguelettes, les cliquetis sur les galets, des tapotements à peine perceptibles. Enfin, c'est le rythme, le rythme permanent de la rivière, qui recouvre et embrasse tous ces bruits.

Il y a tout un moment que j'ai oublié. Pendant l'oubli, je te vois assis nu sur le lit et moi à genoux devant toi. Après ce moment, tu me remplis la bouche, tu me remplis complètement, et ton sperme coule au coin de mes lèvres, alors je sors ton sexe encore dur, je lèche mes lèvres, puis je me passe ton sexe sur tout le visage à nouveau, et tu as vu je suis passée au présent sans m'en rendre compte, parce que d'écrire mes images, et les sons, aussi (il y a la compagnie des bruits, des bruits de succions, de frémissements, tressaillements, et ta voix, tes gémissements), d'écrire tout ça, je me le remémore, j'ai à nouveau du désir, et le désir c'est au présent.

Je sais parfaitement que tu te contentes de me suivre, je sais parfaitement que tu n'es pas fou de moi, tu le crois sans doute, je ne dis pas que tu me mens, mais tu te trompes, juste je te tiens dans mes mains et ma bouche. Je sais comment je te tiens, par les mots et par le sexe. Il n'y a pas autre chose pour toi. Simplement, avec toi, pour toi, je suis très forte, je sais écrire, je sais faire l'amour, je sais toucher les points sensibles, les trouver, m'y attarder. Tu m'écris que tu jouis de moi et seulement de moi, mais ça je le sais, je ne le sais que trop bien. J'ai tellement d'avance qu'un jour, quand tu seras un peu plus proche, quand tu penseras m'avoir rattrapée, ce sera trop tard, ce sera moi qui ne t'aimerai plus, ou pas assez. Il le faudra, parce que, contrairement à ce que tu crois, je n'aime pas me faire souffrir, j'aime être heureuse, j'aime quand je suis heureuse avec toi, quand tu me rends heureuse, et c'est arrivé, ne crois pas que je pleure tout le temps, c'est arrivé, peut-être même que ça arrivera encore, je ne sais pas. Si je décide de ne plus t'aimer, j'y arriverai. Mais pas encore, pas déjà, s'il te plaît, pas déjà.

Je sais que je ne corresponds pas à ton idéal, tu me voudrais plus jeune et plus naïve, tu voudrais avoir des enfants. Je ne suis pas ta compagne, non, ce n'est pas vrai, et tu n'es pas là. Nous sommes ensemble, mais pas en couple. Nous sommes ensemble et séparés en permanence. Nous n'aurons jamais de vie commune, et toi tu as du mal avec ça.

Je croyais que tu me quitterais à cause de ça, un jour ou une nuit, pour pouvoir fonder une famille. Mais ce n'est pas comme ça que notre histoire va finir. C'est moi qui te quitterai. Alors d'accord, je veux bien avoir le mauvais rôle, j'ai tellement d'avance, tellement d'avance, tu ne t'en rends même pas compte, que je me sens capable de faire n'importe quoi, je me sentirai toujours le droit, la légitimité de le faire, j'ai tellement d'avance, je t'aime tellement, que j'ai le droit de faire n'importe quoi, y compris de te quitter, et même de te quitter pour de mauvaises raisons.

Je voudrais te caresser, t'embrasser, et me laisser embrasser et serrer fort, mais je n'y arrive pas, je n'y arrive pas.

Les seuls livres que je commence et dont je ne connais pas la fin ce sont les miens, ceux que j'écris. Pour les autres, ceux que je lis, j'ai cette manie de les aborder à l'envers. Je veux connaître la fin avant le début.

Ici c'est différent, parce que je ne sais pas si je suis lectrice ou auteur de ces lignes. Ce livre me dépasse.

Tu m'as écrit hier que tu voulais de la stabilité, que tu voulais être avec moi, comme si avec était un point d'équilibre, un centre de gravité. Mais moi non, je ne veux pas de cette stabilité, pas avec toi, je veux marcher, dans le déséquilibre, être ivre sans boire, et ma main dans ta main, tomber un peu.

Je n'ai pas peur de tomber, je ne veux pas revenir à la raison, je veux m'égarer avec toi. Là c'est moi qui vais te suivre. Souviens-toi, je viens sur tes genoux, je me cale sur tes cuisses, tu entoures ma taille avec tes bras comme une ceinture, je te regarde sourire, je t'écoute rire, mes mains ouvertes passent sur ton visage pour mieux lire ce rire, et puis je m'écarte un peu pour prendre ton sexe dans le mien, être plus près de toi encore, et je te parle avec ma langue dans ton oreille, et si je veux m'attacher à toi comme ça, si je veux te serrer dans mes bras et dans mon ventre, ce n'est pas pour te retenir, te faire revenir, non, c'est au contraire pour partir avec toi. Je mets ma main dans ton dos pour que tu ne m'abandonnes pas, l'autre sur ta nuque pour ne pas tomber, je serre les parois de mon vagin et pas un instant nous ne fermons les yeux, tes lèvres s'approchent des miennes, tu me parles, tu me dis oui, oui, oui à chaque brasse, à chaque mouvement de plus dans l'eau.

Je t'embrasse.

Hier il a plu de la glace, et cette pluie a figé les premières fleurs. Lorsque le printemps sera là, on entendra le coucou, et, juste après, il y aura de la neige encore, la neige du coucou, la dernière avant l'été.

Pour le moment, quelques primevères rétrécies par le gel sont apparues et, isolées entre deux pierres, au chaud, quelques violettes. Après la neige du coucou, il y aura des jonquilles et des pensées par millions, tu te plairais ici dans les couleurs infinies de l'été altitudinal. Mais pas longtemps. L'été d'ici est court, et tu es toujours si impatient de la ville.

Je t'embrasse.

Tu m'éveilles et je suis en plein rêve. Je dormais. Je dormais dans les bras des autres hommes. Je dormais sans rêve. Maintenant je rêve dans l'éveil de toi, je suis réveillée dans ton monde. Tu m'as prise avec toi, dans tes rêves. Tu es un homme fait de rêves cristallisés, d'images mouvantes agglomérées, avec des récits joints, agrégés aux images, aux sons, aux odeurs, aux sensations, aux couleurs, aux matières, tu es fait de récifs, d'îlots de songes agglutinés, comme dans ce texte que tu as écrit où le personnage est un archipel. Et je nage dedans, en plein rêves, oui, rêves au pluriel, en plein rêves de toi.

Tu n'es pas l'homme de mes rêves, tu es l'homme des rêves, parmi lesquels se trouve le mien. Tu me prends dans tes bras et tu chuchotes, je suis tous des rêves, et tu ajoutes, je suis aussi le tien. Moi, je souris, parce que je crois que je ne t'ai pas donné juste un rêve de plus, mais plutôt une cohésion pour tous ces rêves dont tu es fait. Celle de l'écriture. Quand je me mets dans tes bras je lis et lie ces rêves, je suis le liant pour que tu ne t'éparpilles pas. Ma peau se cale parfaitement contre la tienne pour devenir la jointure de tes rêves. Je dépose ma salive de lectrice partout sur toi (ta peau, tes paupières, tes lèvres, ton sexe, ton ventre) pour que tes récits ne s'émiettent pas, et que le vent, les autres lecteurs, ne les dispersent pas dans des endroits où ils se perdraient, où l'on ne pourrait plus les lire. Je passe ma langue sur ton corps, elle colle les songes comme pour sceller une enveloppe, moi je sais ce qu'elle contient.

En me glissant dans ta vie, je te rassemble, ton corps est compact, dense, fort de tous ces récits solidifiés. Je m'ajuste à tes mots, à ta peau, à tes lèvres, à ton sexe, et rien, plus rien ne sera parsemé et perdu. Je te recueille.

Je t'embrasse.

Hier soir je me suis retrouvée dans une situation absurde, décourageante et pourtant dérisoire, sans aucune gravité. Il faisait de l'orage et l'électricité sautait souvent. Je me suis mise dans la baignoire pour une douche, sans réfléchir, comme une idiote. L'eau chez nous vient d'un captage, elle est remontée par une pompe, qui marche bien sûr au courant électrique. L'eau s'est arrêtée de couler quand j'étais pleine de savon.

Je me suis recroquevillée dans la baignoire, j'étais glacée et collante, encore sale, je me suis repliée sur moi-même de longues minutes, en larmes et en attente.

Je t'embrasse.

Fais des bocaux, oui, des conserves de désir, et je verrai jusqu'où je me laisserai prendre et emmener.

Je te fais confiance, je connais un peu ton corps, je m'y sens en sécurité, je connais tes yeux, je me sens bien dans ton regard, je connais tes mains, je me laisse caresser, je connais ton ventre, j'y pose ma joue sans crainte, je connais tes bras et je te demande souvent de me serrer fort, très fort, sans avoir la sensation d'être abîmée. Tu me rassures, tu me rends heureuse et vivante.

Je me souviens de ton sexe posé en érection sur mon ventre, tu me disais que tu aimais bien le laisser là, comme en attente. J'aimerais décrire ces sensations de ton sexe sur mon ventre, je m'en souviens parfaitement, mais je me sens un peu démunie, les mots ne vont pas, j'essaie de me concentrer mais déjà je n'arrive pas à séparer la vision de la sensation tactile, elle-même plurielle (le chaud et froid, la pression, le toucher).

Ma peau et mes yeux sont bien plus imprégnés que mes phrases de ce souvenir.

Il y en a un autre aussi, seulement visuel et très fort et sans mot, c'était le premier soir chez toi. Tu étais debout, moi sur le lit, tu étais nu et tu souriais, je te désirais, parce que ton sexe était entièrement à l'ombre. Il était replié dans une épaisseur soyeuse que je ne pouvais pas fouiller encore, comme l'intérieur d'une maison inconnue, entr'aperçu par une porte ouverte en plein été. Il y avait une ombre dans ton corps blanc, une obscurité, comme un mystère, tu sais la nuit, l'éclipse, l'occultation, ce qui se dérobe, le manque. Je me rappelle combien j'ai désiré cette ombre, cette nuit-là, cette part d'obscurité dans ton corps si clair.

Il doit bien y avoir quelque chose de semblable dans cette sorte de plaisir et de patience de ton sexe dur sur mon ventre et pas dedans, quelque chose comme l'euphorie du décalage, de l'attente, de l'écart, celui de l'abandon, du désir, de l'arrêt du temps, ce temps enfin à notre merci. Je protège cette suspension en posant ma main sur ton sexe au creux de mon ventre, et nous attendons, nous dominons les quatre dimensions.

Je t'embrasse, j'ai encore tellement envie de toi.

À chaque rue, avenue, je me demande ce que tu en aurais pensé, je repère ce que tu aurais aimé, j'essaie de voir ce que je vois à travers le souvenir de ton regard et je n'y arrive pas toujours.

Hier à la bibliothèque je regardais la ville s'étendre comme une carte ouverte. La bibliothèque est dans un immeuble qui se déplie du sol vers le ciel, tout son flanc taillé par un escalier monumental en haut duquel on plonge dans la cité. Tu aurais adoré ça. Je me disais, il aurait tellement aimé monter cet escalier, et alors tu me manquais si fort que je ne pouvais pas profiter du plongeon, nager dans les airs et les maisons. J'étais sur le perchoir de la ville, et si je laissais tomber mon regard sur les toits, au-dessus des rues, je me noyais dans mes pensées pour toi.

Je déteste ce voyage sans toi. Je ne vois, je n'entends qu'à travers des suppositions de tes regards et écoutes. J'ai la sensation d'avoir un écran entre le monde et moi, cet écran est fait du souvenir de ton corps, de tes mots, de tes gestes. En fin de semaine, cet écran se brisera enfin, quand tu me prendras dans tes bras, tu seras là, je serai là, il n'y aura plus de tristesse dans les choses, la ville, la tienne.

Le soir je m'endors dans un désir de toi exacerbé, si grand qu'il en est absurde et désespéré. Je m'en veux parfois de ne pas m'en débarrasser, de ne pas maîtriser mon corps et mes pensées. Je ne suis plus libre depuis que je suis avec toi, et le pire c'est que j'aime mes chaînes, j'aime tes bras qui me tiennent même à distance, tes yeux qui me ramènent toujours vers toi, j'aime cette aliénation, ce désir de ton corps, de tes mots qui me ferment la bouche comme une muselière, qui m'empêchent de vivre, lire, rêver loin de toi. La seule chose qui me reste c'est écrire, t'écrire.

Je t'embrasse.

La voix des hommes dans mes livres, je la prends depuis très peu de temps, et c'est la tienne. C'est par la tienne que je commence cette réconciliation avec la parole des hommes. Je n'ai jamais eu peur de leurs corps et de leurs gestes malgré leurs violences, mais je n'avais jamais pu, jusqu'ici, écrire par leurs bouches ni même esquisser un personnage d'homme autrement qu'absent, fantomatique, sans consistance. Je savais que bientôt je pourrais m'y essayer. Je ne savais pas comment. Ce livre-là, ce livre avec toi, est une chance inouïe pour moi. Je t'ouvre le corps, je te donne mon corps de femme qui est une clé pour le tien. C'est toi qui me pénètres, mais c'est mon corps qui est la clé qui ouvre le tien, qui pousse la porte du tien. Toi, tu me donnes la possibilité de prendre la parole d'un homme, je parle par ta bouche, je lis tes lettres, j'écris tes lettres, je les écris en creux, puisque tu me réponds. Je les écris comme tu écris les miennes, je parle par tes mots. Ta langue est la mienne, ta langue et la mienne.

Tu me parles et je te le demande, souvent, encore, parle-moi. Je ramène ta mémoire. J'écris ce que tu m'as dit.

Je mange tes mots, aussi, comme tu croquais ces morceaux de fruits et de sucre, trouvés en moi pendant l'amour. Je glissais entre mes lèvres des bonbons au miel, des tranches de mandarine, des grains de raisin, tu les trouvais, tu les attrapais avec la langue. Parfois, tu les poussais trop loin avec ton sexe alors on les oubliait un moment, puis tu venais les repêcher, tu les ramenais dans ta bouche, tu mangeais en moi. Tu te redressais pour me pénétrer à nouveau, tu continuais à croquer et lorsque tu m'embrassais tu me faisais passer des morceaux de réglisse, des noisettes. On mangeait ensemble, et pour nous c'était comme parler en faisant l'amour. Faire l'amour c'est parler, c'est manger, donner à manger, c'est raconter une histoire, une histoire de bouches, de peaux, de sucre et d'eau.

Tu es pour moi un personnage oral et un personnage écrit, j'écris tes paroles et aussi je parle souvent de toi, je t'écris, je te parle et je te demande encore, doucement, parle-moi. Parfois, notre langue est sans mot, mais on se parle encore. Les tout petits enfants crient souvent dans un espace pour voir comment ça résonne et en éprouver les dimensions. Je voudrais que tu me parles tout près, que tu parles dans mon corps pour que tu saches comment il résonne et te contient.

Mon corps ne m'est plus familier sans toi. Je ne sais pas où je suis. Tu devras me faire l'amour à nouveau et longtemps pour que je reprenne mes formes habituelles, que je reprenne position, que je reprenne place dans mon corps familier.

Je croyais que nous nous mélangions dans l'amour mais non, nous prenons tour à tour la place de l'autre. Je te deviens et tu me deviens. Tu me transformes, et parfois même, je me transforme en toi. Nous faisons plus qu'échanger nos écritures, nous nous donnons l'un à l'autre nos écritures. Nous partageons ça, toi et moi, malgré les différences de nos écritures, la plasticité de nos corps quand nous écrivons. Quand nous faisons l'amour, nous ne faisons qu'écrire encore les mues de nos écritures l'une dans l'autre et quand nous sommes éloignés, quand nous sommes loin et que nous n'écrivons pas, nous nous manquons comme on manque de mots, comme on est muets, aveugles, sourds. Tu me manques et ma seule survie est d'écrire, de t'écrire.

Parfois, ça ne suffit pas.

Demain soir, nous ferons le plein l'un de l'autre pendant plusieurs jours.

Je t'embrasse, mon papillon, ma mue.

Souviens-toi, nous avions pris le tram, il faisait froid et ta ville était grise, le jour était plus court à cause des nuages obtus. Nous étions habillés chaudement, pulls et blousons. Je portais un collant d'hiver et une jupe en tissu épais. Je m'étais assise sur tes genoux. Je te regardais en souriant. J'effleurais tes lèvres avec les miennes, tu levais un peu tes yeux vers moi. Tu avais l'air ailleurs, tu avais l'air perdu, je crois que tu t'inquiétais de notre parcours dans ta ville. C'était en fin d'après-midi, il y avait une lumière un peu spéciale, très fragile, sur le point de s'effacer. J'entrouvrais la bouche pour attraper tes lèvres avec les miennes, comme si je voulais les saisir, les détacher. Je les ai lâchées, tu me regardais avec un sérieux nouveau. J'ai passé ma langue à l'intérieur de ta bouche, je léchais tes dents, ta langue, j'ai senti tes lèvres s'écarter sur ton sourire, et l'éclairage public s'est allumé dans les rues. Le tram roulait vite, les lumières faisaient des traits et le mouvement cadencé nous berçait. Tu attrapais ma langue avec la tienne, tu l'enroulais et tu tirais un peu. À travers ton jean et mon collant, ton sexe pressait contre le mien, le mien je le savais ouvert et légèrement douloureux. Je crois que tu le sentais s'ouvrir pour toi. Tu bougeais un peu pour placer la forme de ton sexe entre mes lèvres durcies et moulées par le collant. Tu me portais, tu m'apaisais, tu me serrais, tu me protégeais. J'avais très envie de toi.

Je sens bien ton sexe maintenant, je me resserre autour de sa forme, je le tiens dans mes cuisses, on pourrait presque jouir comme ça, habillés chaudement et juste en s'embrassant. Tu mets tes mains sur mes cuisses en soulevant la jupe, mais immédiatement tu te ravises et, tout en continuant à m'embrasser en fouillant ma bouche, tu ouvres mon blouson pour glisser tes mains sous mon pull, sous mon tee-shirt. Je ne frissonne pas car elles sont réchauffées à ton désir déjà, mais elles produisent sur ma peau un drôle d'effet, à la fois elles m'électrisent et me font chavirer, non, c'est comme si j'allais fondre et en même temps ça grésille dans ma tête. Je ne me souvenais pas qu'elles étaient si douces, tes mains sur ma peau. Les lumières et les sons de la ville commencent à se retirer comme s'ils n'étaient qu'un décor, un contexte, comme si nous étions n'importe où, mais le mouvement du tram est encore très présent, il nous bouscule et je serre mes cuisses quand je pense que je vais tomber, mais je ne sais pas si c'est à cause du tram ou de tes mains qui me caressent sous le tee-shirt et le pull. Plus je serre les cuisses, plus tu bandes, et plus ta langue pénètre loin dans ma bouche. Tu sors une de tes mains pour saisir ma nuque, tu presses tes doigts autour et tu colles plus encore mon visage contre le tien. Tu mords ma bouche, mes lèvres, tu me serres si fort que j'ai du mal à respirer.

Parmi toutes les odeurs qui remontent dans ma tête dans le souvenir de ce passé encore si frais, si présent, j'en isole quelques-unes, celles qui me donnent une toute petite envie de pleurer. Puis j'en choisis une en particulier, qui me touche plus que toutes, c'est celle de tes ongles fraîchement coupés. Je tourne légèrement la tête pour me rapprocher d'elle au bout de tes doigts. Je respire cette odeur comme une petite fille cherche dans l'air les preuves du printemps apportées par des bulles de pollens. Tu avais dû te couper les ongles juste avant nos retrouvailles, parce que tes doigts avaient cette odeur précise d'ongles propres et de poussière de kératine. Maintenant je la retrouve, et dans le même moment je sens ton sexe s'étouffer à travers ton jean. Tu arrêtes de m'embrasser sans cesser de serrer tes doigts autour de mon cou et tu me regardes, tu m'avales dans tes beaux yeux sombres. Je me laisse prendre par ton regard. Tu ne dis rien et moi non plus, mais nos regards et nos sexes se parlent sans arrêt, ils bougent, se rencontrent, se touchent, se cherchent. J'ouvre ton blouson à mon tour et je me couche à l'intérieur de tes bras, la tête contre ton pull, à l'écoute de ta respiration. Je ne t'entends pas respirer, mais j'entends bouger ton cœur, il fait un bruit qui me paraît énorme, on dirait qu'il se retourne dans ta cage thoracique, on dirait qu'il n'a pas de place, qu'il veut sortir de ton corps, et ton sexe pareil, il est tellement tendu dans ton jean que lui aussi je l'entends bouger. J'entends le sang battre à l'intérieur. Tu as toujours une main sur mon ventre et celle qui empoignait ma nuque s'est ouverte pour caresser la racine de mes cheveux. La main sous mon tee-shirt glisse dans mon dos et caresse les fossettes de mes reins, j'ai tellement envie de toi, l'autre main se promène en haut de ma colonne vertébrale, si tu savais comme j'ai envie de toi. Mes seins sont si durs que j'ai mal. Rien que l'affolement de ton cœur enfermé excite leurs pointes, je crois que tu le sens, je crois que tu le sais, tu devines aussi le vernis de mon sexe. Tu te redresses pour embrasser toute ma tête, mes cheveux, mon front, mes paupières fermées. Tu me dis c'est là qu'il faut descendre et nous nous séparons pour sortir du tram, mais dès que nous sommes dehors, sur le trottoir, tu me reprends contre toi. Je voudrais que tu m'embrasses à nouveau comme ça, ce soir et les jours qui suivront, je voudrais que nous reprenions le tram.

Tu sais, j'adore te regarder marcher. Tu as ce léger boitillement à cause de la malformation de ta hanche, cette démarche à la fois indécise et pleine d'équilibre, cette démarche chaloupée, comme si ta marche était ce bateau sur la rivière, ta rivière (la mienne), le balancement même, le mouvement de l'écriture. Des fois quand nous marchons ensemble, je ralentis ma propre marche pour observer la tienne, tu te retournes et je te souris. Ta démarche me fait craquer, et je crois que c'est à cause de toute cette eau qu'elle évoque, en moi directement, immédiatement, ta démarche me donne toujours tout de suite envie de toi, sans même passer par les mots. Plus je me replie dans ton corps, et plus je m'ouvre.

Avec toi, je n'ai pas de limite.

Je t'embrasse, je m'aiguaye en toi, tu me rinces, et avec tes bras tes jambes tes phrases tu m'entoures, tu me remplis et me recouvres, je t'embrasse, encore.

Quand tu évoques ta solitude d'écrivain, ces vingt ans volés, je t'aime comme je t'aime quand je te regarde marcher, mais c'est plus compliqué encore, je veux être avec toi et pourtant j'aime te savoir seul, occupé à écrire, seulement à écrire, le corps en sommeil, livré aux récits, ce corps en jachère de la vie mais plein de personnages et d'histoires, ça me fait un effet incroyable. Je suis fascinée. Tu remplissais le silence de mots, de bruits écrits, tu composais d'extraordinaires paysages avec les corps des femmes, tu parcourais des océans, tu nageais dans l'air : tu écrivais la vie qui te manquait, la réalité tu la rêvais par écrit et elle devenait.

J'aime cette image que je me fais de toi, cette vision d'un écrivain total, tellement plus enchaîné à l'écriture que moi. Je t'admire, j'admire ton travail, le résultat de ce travail, mais aussi ce travail lui-même, cette abnégation, cette solitude, cette mise en veille de ta vie.

Je t'embrasse.

J'ai dit à mon mari qu'on ne dormirait plus ensemble, et nous avons fait son lit tous les deux sans tristesse ni amertume, c'était même presque joyeux. Il savait que ça arriverait, et lui, il se sent plus libre, par exemple, de découcher certains soirs. Pour l'instant nous sommes encore dans la même pièce, au grenier, mais nous faisons matelas à part. J'entends son souffle et ça me suffit pour notre vie à deux.

Je t'embrasse.

Je resterai avec toi jusqu'à ce que tu trouves la vraie femme de ta vie, celle qui pourra vivre avec toi, celle qui respectera ta vocation d'écrire, qui ne sera pas déjà habitée par tant d'histoires. Elle ne t'aimera pas comme moi et j'espère que tu la rencontreras le plus tard possible, mais je suis lucide, je te l'ai déjà écrit, je suis lucide pour deux, tu connais la capacité de dilatation de mes pupilles, j'y vois dans le noir, j'y vois partout.

Je ne veux pas t'imposer une vie avec moi qui fermerait ton avenir. Tu es l'homme que j'aime et tu le sais, mais jamais je ne pourrai me séparer de mes enfants ni les priver de leur père. Nous savons tous les deux depuis le début que nous n'avons pas d'avenir ensemble, nous n'avons que l'avenir d'écrire.

Je t'embrasse.

Oui, mais tu avais mis la webcam, je pouvais à la fois te lire et voir les effets de mes mots sur ton visage, tes rires et tes sourires, les mouvements de tes yeux quand tu écrivais, quand tu lisais, tes regards de côté quand tu réfléchissais. Tes magnifiques yeux sombres et concentrés sur l'écran, s'échappant par moments, des moments de nuit dans l'éclairage de ta lampe. Parfois tu te levais, tu prenais l'ordi dans tes bras pour me montrer le dehors à travers la fenêtre, l'intérieur de ta chambre. Je voyais ton corps se déplier et je te désirais, comme on veut absolument cette chose qu'on essaie d'attraper en vain, un fruit trop haut sur l'arbre, un petit poisson qui s'échappe dans les remous, une idée filante dans un livre complexe, une couleur qui n'a pas de nom, un détail dans une mémoire défaillante. Parfois aussi tu t'étirais, les bras derrière la nuque, et alors tu m'offrais ton cou allongé comme une promesse, légèrement renversé en arrière, et le haut de ton torse, je ne sais pas si tu avais la moindre idée de ce que je ressentais alors, j'aurais voulu passer mes doigts, mes lèvres, m'enfoncer dans cet endroit à la croisée des clavicules, dans ce creux à la base du cou, ce passage vers la trachée. Parfois encore tu prenais ta tête dans tes mains et tu étais si beau, si toi-même à ce moment-là. Bêtement j'écrivais j'adore ça, pourtant c'était loin, très loin de ce que j'aurais pu t'écrire sur ce geste, cette posture, ce portrait.

Il y avait une ou deux secondes de décalage entre l'envoi de mes mots et ta lecture, je pouvais prendre le temps de te regarder et de guetter tes réactions, comme pour déchiffrer une autre écriture dans tes yeux, sur tes lèvres, ton front, je pouvais lire tes mots écrits et les lignes, les mouvements de ton visage. On n'avait pas mis le son, mon mari dormait sur le matelas à côté du mien.

Tu m'as écrit que tu me faisais l'amour, tu m'écrivais qu'on entendait les petits chocs, je t'ai arrêté, des chocs d'eau, des chocs de corps d'eau, ou de cours d'eau, dans le lit de rivière c'est du sable ou des cailloux ? Tu m'as répondu c'est parfois un lit sablonneux, parfois ce sont des cailloux, tu m'as écrit que je chuchotais ton prénom, et j'étais d'accord je t'ai dit j'aime me faire traverser par cette rivière qui porte ton prénom.

Je voudrais recommencer à m'enfouir dans tes bras, entrer dans ma rivière, cette rivière qui n'est pas à moi bien sûr, mais que je voudrais réservée pour moi. Tout le monde aime avoir son accès privé à l'eau, sa solitude sur les plages. Je voudrais que les bords de la rivière me soient un privilège, mais aussi l'eau elle-même, le courant, les flux, les sinuosités, je voudrais que tu me sois entièrement destiné.

Je rentre d'abord lentement parce que j'ai peur d'avoir froid, mais je m'aperçois tout de suite que l'eau est tiède, ni trop chaude ni trop froide. Elle encercle mes mollets et je sens les cailloux sous la plante de mes pieds nus. Je m'allonge dans le lit, d'abord au bord, j'irai nager plus tard au milieu, dans le trou d'eau profonde. Je caresse les cailloux, les petits grains, le sable, les larges pierres polies, de mes mains, mes bras, de mes cuisses, et puis je colle mon ventre au fond du lit. Je ne sais pas de quoi parlent les cailloux, les grains, le sable et les pierres, de quels endroits ou mouvements de toi ils sont ces métaphores que j'emploie. Plages de peau, grains de beauté, reliefs des épines (omoplates, épaules, clavicules, hanches), frissons de ta peau, chair froissée par le désir, ou encore ces tout petits mouvements que tu as quand je te chatouille et qu'accompagnent en rythme tes rires. Je me souviens très bien de ces sursauts de ton corps, on dirait que des poissons habitent sous ta peau, ils nichent dans ton ventre, ils ont des nageoires impulsives dont l'agitation répond à mes caresses, une, deux ou trois carpes ou saumons, je ne sais pas bien, mais ils tressautent, ils sont très sensibles. Je leur dis bonjour avec la pulpe de mes doigts.

J'ouvre mes jambes et mes bras pour aller nager plus loin, en eaux limoneuses, obscures, tu me pénètres longuement, et, à chaque flux de la rivière, je crois que je me noie, mais non, j'ouvre les yeux, je m'engage dans les tiens, je me baigne dans ton regard, c'est dans tes yeux que je perds conscience, mes cheveux deviennent cette eau noire qui s'emmêle à nos gestes, tu les écartes, tu m'embrasses. Dans le mitan du lit bien sûr la rivière est profonde. Je te sens me traverser complètement, mais je respire, je respire parfaitement dans l'eau, je nage sur le dos, sur le ventre, ta peau a des douceurs de salamandre et je sens les coups de nageoire des poissons que tu laisses s'échapper sur mon corps : tes lèvres, tes mains, ton sexe, vivants et palpitants sur mon ventre, fluides dans mon cou, glissant dans mon vagin, s'échouant parfois tout contre le col, où je les sens frémir et repartir.

Noyée je sors de la rivière, nous dessinons encore du bout des doigts et des lèvres des souvenirs immédiats dans la petite épaisseur salée de nos sueurs, et enfin nous nous séchons au soleil comme toujours en riant beaucoup, en restant au bord du sommeil. Quand j'ai peur de m'endormir je te demande de me réveiller.

Pourquoi j'écris ? Parce qu'écrire m'est indispensable pour vivre, le bonheur comme le malheur.

Et en ce moment précis, depuis trois mois, j'écris parce que tu me manques, j'écris pour te séduire, pour te garder, pour que tu sois et restes amoureux de moi. Je ne veux pas que tu me quittes. Alors j'écris. Je sais que mes mots ont un pouvoir sur toi, je l'utilise, peut-être même que j'en abuse.

Je t'embrasse.

C'est encore plus magique que ça. À chaque fois que tu me pénètres, à chaque fois que je sens ton sexe s'engager en moi, je change de couleur. Je deviens bleue et verte et rouge et violette et orange et jaune. À chaque cran supplémentaire dans cette montée-là (tu montes en moi, à chaque mouvement tu montes plus haut), toutes ces couleurs successives se nuancent, se mélangent, puis s'éclaircissent. Parfois, quand tu es si loin, si après, quand je te sens appuyer au seuil, et frotter contre le col, je crois bien que je deviens transparente, et si je te quittais des yeux, si je regardais mon corps, je te verrais à l'intérieur comme si mon ventre était un petit aquarium et ton sexe son poisson rouge. Mais c'est inutile, parce que ton sexe, ton plaisir, ses nageoires (tu nages en moi, je sens les coups de nageoires, parfois tu n'as pas assez de place, et tu cognes pour agrandir mon espace d'eau), sa dureté, la peau plissée et soyeuse, le jeu lustré, sa précision, la force du sang qui a pris toute la place, je les vois dans tes yeux. Tu es en moi d'abord par les yeux. Il suffit qu'on se regarde pour faire l'amour, et lorsqu'on fait l'amour, on ne fait que décliner ce regard. Dans tes yeux, il y a ce satin de ton sexe, sa chaleur, son épaisseur, sa vélocité. Ils sont comme lui, sémillants, graves, denses, sérieux, vivants.

Il y a le mien aussi, comme un retour.

Lorsque je viens sur toi, c'est toi qui changes de couleur jusqu'à la transparence. Mais tes yeux se ferment, parce que je me serre, je me resserre, jusqu'à ce que ton sexe n'ait plus assez de place en moi. Tu perds ta transparence, ton corps se couvre d'un voile opaque, on vient de tirer un rideau sur toi, tu deviens sombre, tu concentres une nuit soudaine. J'aime cette nuit si tu savais. Tu fermes les yeux pour les laisser se remplir de la suffocation de ton sexe contre les parois tendues de mon vagin. C'est une asphyxie, un étranglement capiteux, et comme ils commencent à monter dans ta tête, c'est dans la mienne que ça bascule. Nos sexes sont tellement mêlés, enchevêtrés, que nous manquons d'oxygène, ce manque est enivrant. Plus je te sens dépassé par l'emprise entêtante de nos sexes magnétisés, incapables de se défaire l'un de l'autre, et si collés qu'ils se font mal, plus je cherche ton regard sous les paupières baissées (comme si tu voulais t'écarter de moi, comme si tu capitulais, comme si fermer les yeux te permettait de souffler un peu), plus je sens que cet étouffement de ton sexe est ce qui le rend vivant (au lieu de se faire plus petit pour pouvoir bouger, se replier, au contraire il grossit encore et cherche à bondir — mais où ?), plus je sens que ta tête est pleine de petites fées réveillées, plus je suis dépendante de ton attente, de ton émerveillement. Tu ne jouis pas encore, tu attrapes mes hanches avec tes mains, tu as peur de basculer à ton tour, tu te raccroches à mes fesses, tu agrippes mon bassin, tes mains mordent sur ma peau, puis se déplacent vers mon ventre, elles font le tour de moi à toute vitesse, alors je t'appelle, mais tu ne réponds pas sauf de tes mains qui me tiennent si fort, et quand je jouis, juste avant toi, tu sens battre mon vagin et les parois s'écarter un peu, avant de se rabattre, mon plaisir résonne dans ce tressaillement des muqueuses, je ne t'entends pas, je suis partie un peu trop loin en moi, je ne t'entends pas gémir, mais dans le tremblement de mon sexe je crois sentir ton sperme se glisser presque aussitôt, pulser contre les palpitations de mes lèvres, et me baigner. Alors je reviens à toi : tu as les yeux ouverts et dorés, tu souris.

Je m'endors sur toi et nous reprenons pendant la nuit nos couleurs naturelles, nous respirons. Je t'embrasse, dors bien, fais de beaux rêves, demain tu seras à nouveau rose-crème et blanc.

Je crois, je ne sais pas comment ni pourquoi, que tu es pour moi un homme qui contient tous les autres, tous les hommes, et le monde autour. Non, ce n'est pas ça, tu n'es pas tous les hommes, ni le monde, tu es autour. Tu es précisément autour de, tout autour de. Cette préposition. Tu es cela pour moi, tu es l'autour de. Autour de moi il y a toi, il n'y a d'abord que toi. Ce n'est pas que tu te réduises à n'être qu'autour de moi, ni que tu sois assujetti à cette place, à ce lieu, à cette fonction, comme l'autour des palombes a pris le nom de ses propres mouvements autour de sa proie. Non, c'est le contraire, le monde autour de moi est devenu toi, c'est moi qui suis désormais bornée, limitée. Tu te déplaces avec moi. Quand j'ouvre les yeux au réveil tu es déjà là, dans le dessillement de mes paupières, et quand je les ferme à l'endormissement, tu flottes dans le noir parmi les images hypnagogiques. Si je réfléchis, mes pensées sont filtrées par ton ombre, tes beaux yeux sombres, tes phrases, ton visage. Tu es autour de moi, quoi qu'il arrive. Et alors le monde, les paysages, les livres, la météo, le soleil, les précipitations, les autres, et même mes proches plus proches que toi, le ciel, la chaleur ou le froid, mes sensations, impressions, sentiments, mes mots et mes gestes, passent par cet autour avant de me toucher, et de retomber dans le monde.

Cette peau me recouvre entièrement et me serre, j'en suis prisonnière, elle épouse parfaitement mon corps, ma vie et tous mes mouvements, même et surtout celui d'écrire, pourtant si solitaire. Je suis prisonnière de mon autour et j'y suis si bien dans ma prison, elle s'adapte à toutes mes positions, mes postures, mes phrases, je m'y coule. Elle m'épouse. J'y respire, je m'y nourris, elle filtre l'air et l'eau et les mots, douce comme une plèvre, solide comme un filin d'acier, perméable comme un voile, protectrice comme une armure, et mimétique comme un moule.

Mais parfois elle serre trop, ou plutôt, non, elle se disloque, elle ne me protège plus, elle est en lambeaux, elle n'est plus si nourrissante, je me sens nue soudain, et si vulnérable. Je cherche l'air et l'eau et les mots : tu me manques. C'est dans ces moments-là que j'ai tellement besoin de toi, de te toucher, de te caresser, de me replier dans tes bras et me laisser prendre par toi. Pour reconstituer mon autour, ma peau, mon amour.

Je t'embrasse.

Je ne sais pas, mais je me souviens du blanc. Lorsque nous avons fait l'amour dans cette grande salle de bains à l'hôtel, c'était en pleine lumière. Je me souviens de l'espace blanc, lumière plus lumière, de la baignoire avec marches, des lavabos et du grand miroir au-dessus, des baies vitrées que l'on peut ouvrir et qui donnent sur des jardins.

Dans cette salle de bains claire en plein jour, je pouvais te voir mieux et confondre la clarté du ciel et celles de nos caresses.

Tu m'avais appuyée contre l'un des lavabos blancs, tu me courbais à ton plaisir, je relevais les yeux sur le miroir pour voir ton visage au milieu des reflets des arbres qui bougeaient sous le vent et dans la vitre. Tu étais penché sur mon dos, j'entendais le déclic de nos articulations, tu regardais tes propres mains qui dessinaient ma colonne vertébrale, tu suivais du regard tes mains qui suivaient le chemin de mes vertèbres. Elles lissaient mes reins. Elles ont attrapé mes hanches quand tu m'as pénétrée. Tu me regardais dans le miroir et je sentais ton sexe comme jamais, j'avais l'impression de ne plus avoir de vagin, mais à la place ton sexe à l'envers dans mon ventre, un gant de chair autour de lui. Dans le miroir, les branches des arbres n'avaient pas le même mouvement que ton corps, mais elles l'accompagnaient, et le bleu du ciel était brisé par l'agitation des arbres. Les ramilles faisaient de l'ombre, cette ombre alternait si vite avec la luminosité que les contrastes mêmes étaient des poudroiements. Tu me faisais bouger et le vent secouait les branches, ça mettait des giclées de lumière partout dans le miroir. Je te voyais, je me voyais, on était tout étoilés, on remuait des étincelles. D'une main tu cajolais mon cou, tu en faisais le tour, avec une douceur surprenante, puis tu appuyais sur ma nuque pour poser mon visage sur l'émail. J'ai eu le temps d'apercevoir ton reflet qui basculait dans le blanc, tout était blanc, diaphane et tourbillonnant. Ton autre main continuait d'empoigner ma hanche. Ton sexe qui se cramponnait à mon ventre me donnait des éclats dans la tête, rassemblés comme une nébuleuse, une galaxie en pleine clarté, dorée sur blanc, tout scintillait, en dehors de nous, en dedans, partout il y avait des lueurs sur nos peaux baignées de sueur et de désir, du soleil dans les vitres, de l'eau brillante sur le carrelage et l'émail, le grand miroir était à peine voilé par nos souffles si chauds, mais c'était encore une buée de lumière. Tu as lâché mon cou pour prendre mes seins, les deux dans la même main, resserrés, tu m'as fait un peu mal et j'ai joui dans cette petite douleur. Tu t'es mis à embrasser mon dos partout partout, tu as mordu dans ma nuque et tu as quitté mon sexe pour aller t'asseoir sur une des marches de la baignoire. Je me suis redressée et je t'ai rejoint. Tu gardais ton sexe dans ta main, si tendu qu'on aurait pu le croire prêt à casser. Il t'a échappé dès que je me suis assise dans tes cuisses, je l'ai pris dans ma bouche comme une évidence, alors tu m'as parlé, tu me parlais sans arrêt, tu disais n'importe quoi de ta belle voix, tu prononçais mon prénom, j'étais un peu étourdie par tout ce blanc autour de moi, et ton beau sexe était blanc même rougi par le plaisir et l'érection, le gland brillait et devenait blanc lui aussi parce que tout basculait dans le chatoiement de cette salle de bains pleine de lumières. Tu as basculé ta tête en arrière, la nuque contre le rebord de la baignoire. Tes yeux étaient fermés, mais je connais leur marron nacré.

Je t'embrasse, j'ai posé mes deux mains sur tes belles cuisses blanches.

Tu sais plus je te lis plus je t'aime, cette lettre de ce matin, plus je la lis plus je t'aime, tu écris si bien, c'est de l'écriture de survie, tu es un survivant magnifique.

Je crois que je te guettais, depuis si longtemps, je guettais tes récits, tes rêves. Je ne savais même pas que c'étaient les tiens. Je ne savais pas que j'attendais de lire des récits comme les tiens, et encore moins que ce serait toi qui les écrirais. Mais je t'attendais, oui, tu as raison, j'étais déjà à tes côtés. Ni toi ni moi ne le savions.

Oui, tes rêves influencent la réalité, ce sont ces récits qui m'ont amenée vers toi, ce sont eux qui m'ont pris par la main, cette main que je ne veux plus que tu lâches.

Plus tu écris, plus tu livres ton passé et les récits qui l'accompagnent, plus j'arrive à te voir, je t'imagine parfaitement bien, à des centaines de kilomètres et des dizaines d'années de distance, dans ta vie solitaire de rêves et de nuit. Et plus je t'imagine, si bien que je pourrais te toucher si je n'avais pas peur de te déconcentrer, de t'amener à la réalité et alors t'empêcher d'écrire, plus je t'imagine, plus je te désire. Je te vois, assis à ton bureau, des couleurs et des sons passent devant toi, tu les captes sans les attraper, sans les retenir, tu as le regard dans la fenêtre, mais pas complètement, puis tu baisses les yeux vers la feuille de papier soigneusement posée sur le tas déjà formé et bien aligné, je te vois écrire, je suis juste derrière toi, debout, je voudrais me coller contre ton dos courbé, prendre ta tête et l'appuyer à mon ventre, me pencher pour embrasser ton front, tes yeux et ta bouche, mais je me contente de t'observer, de t'admirer, de te désirer.

Tu as une présence incroyable quand tu écris, tu es plus réel alors que n'importe qui, je m'étonne que personne n'ait su te voir, te rencontrer, pendant ces vingt ans passés à écrire, tu es si présent, si dense, que je te vois encore, moi, à des années de distance.

Tu es assis à ton bureau et ton dos courbé dégage une puissance inouïe, terriblement sensuelle, imposante.

J'embrasse cette puissance.

L'odeur de mon sexe prend celle de ta main, à distance et de mémoire. Je connais bien mon odeur, j'y suis habituée. Pourtant, après m'être caressée en pensant à toi, et au moment de m'endormir, ramenant ma main sous ma joue, je suis surprise de la prendre pour la tienne, à cause du désir et du souvenir. Je respire et je sais qu'il n'en est rien pourtant, mais je reconnais ta paume. Je comprends en fermant les yeux que j'ai la mémoire de mon odeur sur ta main, la mémoire de ta paume portant l'odeur de mon sexe, tout simplement. La première pensée n'est pas mon odeur mais ta main, pourtant absente, la recueillant. Tu me deviens.

Tu me deviens, je m'efface dans ton corps, je n'ai plus d'odeur, plus de consistance, qu'à travers toi, et je comprends à quel point tu me manques, au point de n'avoir plus de corps, sauf le tien.

Je t'embrasse.

Souvent, tu nous préfères nus, totalement nus, pour que chaque centimètre de ma peau touche chaque centimètre de la tienne.

Un jour, j'avais gardé ma robe bleue. J'étais sur toi, ma robe te couvrait les hanches et le ventre. Tu avais glissé les mains dedans pour me caresser. Tes mains on aurait dit qu'elles faisaient partie de mon corps, comme des excroissances, des bosses. Ma robe nous tenait chaud.

Tu m'embrouilles mais je suis une lectrice attentive, je finirai par te lire, je finirai par t'avoir lu, en entier, de la plante des pieds à la fin de tes cheveux, au bout minuscule de tes cils.

Je peux te lire avec mes mains, mes lèvres, mes yeux, ma langue, et aussi avec ma peau partout, avec mon corps contre le tien. Je pourrais me frotter contre toi, juste pour te lire. Déchiffrer ta langue épaisse et tendue. Mettre mon visage dans ton cou, mon ventre contre ton ventre, mon ventre dans le creux de tes reins, mon ventre sur tes cuisses, et mes jambes tout autour de toi. Glisser mes jambes et mes bras comme si j'étais du vent qui te chatouille, ou de l'eau qui te recouvre, entre par ta bouche. Mais c'est toi, l'eau, c'est toi ma rivière. Voilà pourquoi je n'arrive pas à te lire, tu es toujours le même, et jamais le même, tu coules entre mes doigts, tu glisses. Tu échappes, tu t'échappes, sauf, parfois, quand je plonge en toi, parce qu'alors tu saisis mes chevilles pour me menotter. Tu es ma rivière. Parfois, nous changeons de position, je viens sur toi et tu souris en chuchotant que tu me sens dégouliner sur ton ventre.

La rivière est si profonde quand tu me pénètres que je la confonds avec toi. Je voudrais que tu redeviennes ma rivière chaque jour. Je voudrais que tu glisses, que tu coules, je voudrais te boire, me baigner en toi, encore, elle est si profonde, l'eau, que tu me portes, c'est toi qui es en moi mais tu me portes, je flotte, puis je replonge, et tant pis si le courant t'éloigne, après.

Je t'embrasse.

Mes enfants et moi, on a un peu discuté tout à l'heure, en goûtant, puis nous avons fait des puzzles, à quatre, et même des courses de puzzle, à qui finirait le plus vite de recomposer l'image, de remettre les morceaux en ordre, et bien sûr, le plus jeune est très doué à ce jeu-là, et moi beaucoup moins.

Je crois que mes enfants ont juste besoin de te connaître un peu. Ils m'ont posé des questions sur toi, ils m'ont demandé s'ils te verraient un jour. Si tu le veux bien, je vais vous présenter.

III

Ma nouvelle chambre est blanche et bleue. J'ai adossé contre un des murs les romans et les livres de poésie.

Au-dessus de mon lit, il y a une mezzanine qui sert de chambre à mon petit garçon. Mais le plus souvent, il dort dans mon lit. Il ne vient que deux ou trois jours par semaine, quand il n'a pas école. Le reste du temps, il habite avec son père. Il me manque. Quand il veut me dire que moi aussi je lui manque, il le dit à l'envers, comme en anglais, il me dit oh maman, comme je t'ai manqué, ça fait comme si on se manquait ensemble en même temps, et je crois bien que c'est le cas.

Parfois, c'est le grand qui dort sur la mezzanine.

Seule ma fille habite avec moi.

Mes deux garçons me manquent.

Près du lit et de la fenêtre, y a ce bureau vide, où je m'attable parfois pour écrire. J'écris différemment, parce que ce bureau était le tien. Je m'assois à ta place, j'écris à ta place, et alors tu me manques plus que mes deux garçons réunis, et ça, ça je ne devrais pas avoir le droit de l'écrire. Je me demande souvent ce qui m'autorise à fabriquer des phrases.

Au bout de quelques jours, quand j'ai compris que tu ne reviendrais pas, jamais, j'ai changé mes draps, pour tourner la page. En réalité, je voulais recommencer le livre, mais avec du neuf, du propre.

Je m'imaginais être plus forte pour écrire et vivre sans les odeurs de ton corps, le voile de ta sueur, la matière encore sucrée mais séchée, craquelante, de ton sperme, sans les traces de ta salive cristallisée par endroits en une poudre dont les grains irréguliers se lisaient comme des signatures sur les draps. Mais c'était sans compter sur la persistance têtue, infaillible, de ma mémoire. Elle a des paupières impossibles à dessiller, des oreilles butées. Elle se referme sur toi. Elle m'emprisonne, et moi, moi je voudrais ouvrir les yeux, oublier : aide-moi.

J'ai amené mon petit garçon au manège. J'essaie de vivre normalement.

Je voudrais me jeter dans le lit ou le vide ou la nuit et pleurer jusqu'à devenir sèche et ridée, jusqu'à ne plus rien ressentir, jusqu'à me vider entière. Mais mon petit garçon est là, et ma fille, tu m'as brutalement quittée après quelques mois de vie commune, et je dois essayer de faire comme s'il n'y avait pas cette oppression permanente de la poitrine et de la gorge qui me donne envie de vomir mes pleurs au lieu de les laisser simplement polir mes joues.

J'ai l'impression de ne plus être dans le monde, c'est le monde, plein, gros de tout, qui est assis sur moi. Il appuie de tout son poids, il m'étouffe. Au lieu de me contenir il m'a rejetée, puis il s'est adossé à mon ventre, à ma cage thoracique.

Le manège tourne à vide, avec un bruit sinistre, et il pleut : le manège pleut. Mon fils me demande pourquoi le manège tourne sans enfants, je lui explique qu'on vient de le remettre en route après quelques jours de pluie, il faut faire s'écouler l'eau accumulée. Le manège tourne, freine, et l'eau s'égoutte par gros paquets, la pluie tourne avec le carrousel, il ne pleut qu'à certains endroits, toujours les mêmes, juste devant nous. J'entends le bruit lourd de cette pluie tournante, le grincement de la mécanique, l'impatience de mon petit garçon. Cette impatience me remplit de tristesse.

Il monte seul au manège, je suis la seule maman en ce début d'après-midi, une maman infiniment seule et grosse de larmes qui ne peuvent pas se secouer en tournant.

Je t'ai raconté comment toute petite, en voulant attraper le pompon du manège, je m'étais ouvert la main, qui s'était refermée sur le crochet. Je t'ai raconté ma paume déchirée.

Le carrousel continue sa musique grimaçante, et mes sourires sont à pleurer comme lui.

J'essaie de sourire à mon petit garçon, je n'y arrive pas, il est vivant et me fait coucou, je dois rester vivante pour lui, pour son frère, sa sœur.

Je sors une main de mère aimante pour qu'il n'ait pas peur et l'agite vers lui. Je ne savais pas combien pèse une main qu'un homme lâche soudain.

Le manège s'arrête. Mon fils redescend et court vers moi. Il ne monte pas sur mes genoux, il n'a pas le temps, il veut faire vite autre chose. Il saisit ma main inerte et lourde, il la secoue pour l'alléger, la réveiller. Il la prend dans la sienne et m'oblige à me lever.

Quelques jours avant ton départ, tu ne me faisais plus l'amour, tu attendais que je te prenne, moi seule, assise sur toi, tu ne me caressais plus, tu étais tout entier tourné vers ton plaisir, tu m'oubliais. Mais, quand mes cuisses se contractaient et que je te regardais, tu me serrais dans tes bras en me disant mon amour.

Depuis que tu es redevenu un personnage, tu es beaucoup plus facile à écrire. Mais vivre sans toi est plus compliqué. J'essaie de dormir, de manger, de m'occuper de ma fille. Mais c'est elle qui me console si je pleure. Je ne peux rien avaler, ni me faufiler dans le sommeil. J'ai maigri, je n'ai plus de joues, je n'ai plus ces joues que tu aimais voir rougir, et mes yeux, mes yeux dont tu aimais le jour, le ciel, l'eau, mes yeux se sont retirés dans la mine des orbites. Ils ne sont plus bleus, mais gris sombre, ils sont dans l'ombre.

La nuit où tu m'as écrit être avec elle, au lieu de pleurer, j'ai vomi, longtemps, profondément, comme si je devais me retourner entière par en dedans. Pendant que je me penchais sur les toilettes, tu ouvrais les bras pour faire entrer son corps, son corps à elle, dans l'ombre du mien. Tu devenais sa rivière. Lorsque nous faisions l'amour, tu me retournais déjà entière, mais dans l'autre sens : tu me projetais dans le monde, tu me rendais vivante. J'ai vomi pour réintégrer ce corps que tu as délaissé pour un autre, mais je m'y suis perdue. Je me perds dans mon propre corps, je disparais.

Certains jours, j'arrive à ingurgiter doucement des grains de raisin, un par un en oubliant que je mange, et, comme c'est la saison, ils sont très bons. Je vis avec des larmes, des mots, un corps vide, des souvenirs et des grains de raisin.

Je n'ai pas vomi les deux petits mois pendant lesquels j'étais enceinte de toi. J'ai eu du lait un peu et des vertiges, de la fatigue et de la peur, c'est tout.

Et toi, toi tu as été très amoureux de moi. Presque deux mois, pas tout à fait.

Je crois que tu m'as quittée quand j'ai commencé à saigner. Je crois que tu avais pris ta décision avant même l'expulsion de l'embryon, dès les premiers signes de la fausse couche, pendant mes contractions, mes pleurs. Tu as changé pendant ces dix jours de sang. Tu ne me câlinais plus comme avant. Tu t'inquiétais à distance. Tu me parlais debout. Tu me demandais ça va sans même te pencher vers moi.

Le sang s'est glissé dans mes cuisses le jour de l'anniversaire de mon petit garçon. Je suis habituée à ces anniversaires en collision, en écho, comme des ricochets. Ma fille est née le même jour que moi.

Une dizaine de jours après l'anniversaire de mon plus jeune fils, je ne saignais plus, mais je mettais des tampons par précaution. Lorsque je les enlevais, ça m'irritait et toi plus encore.

Dans les plis du tampon sec et rêche, alors qu'il n'y avait plus de sang, j'ai recueilli l'embryon. Je l'ai reconnu tout de suite à cause de l'œil noir, proportionnellement démesuré, perçant les membranes. Il était comme emballé dans des peaux filandreuses, que j'ai pris soin de détacher avec une pince à épiler. Il était minuscule, quelques millimètres prolongés de ce qui devait être, je ne sais pas, un bout de placenta, les parois de l'œuf. Je l'ai posé dans un mouchoir en papier, je l'ai longuement regardé et touché du bout des doigts. Puis je l'ai pris dans ma paume. On aurait dit un poisson, un têtard, il avait ce point noir qui ne regardait pas.

Je me suis demandé si c'était possible de voir si distinctement un embryon comme ça, dans une main, j'ai voulu te le montrer mais tu n'as rien voulu voir, ni savoir. Tu devais calculer comment me quitter, à quel moment, quel était le laps de temps d'un deuil si petit, un deuil d'un centimètre peut-être et de deux mois pas tout à fait.

Je suis allée, le poing fermé, au bord de la rivière, je me suis accroupie pour immerger ma main. Je l'ai ouverte dans la fraîcheur de l'eau vive. Notre bulle emportée par le courant s'est mise à bouger, à se déplier, à suivre le mouvement de l'eau. Je l'ai perdue dans les remous, retrouvée, perdue de vue à nouveau. Elle s'est mise à nager. Mise en mouvement mais l'eau de la rivière était son tombeau, et sa vivacité si morbide. L'eau de la rivière c'était toi, mon amour, reprends ton poisson. Avale-le.

Tu ne réponds plus à ces lettres. Elles sont devenues un monologue pathétique, et ce livre un roman épistolaire sans échange, comme un faux. J'écris pour de faux puisque je sais que tu ne me réponds plus. J'écris pour de faux puisque je ne t'écris plus vraiment. Je ne suis même pas sûre que tu me lises un jour.

À mes mails tu réponds à peine, de façon retenue, presque réticente. Lorsque je te demande pourquoi tu es si distant, tu me réponds enfin.

Tu me réponds que tu n'es plus amoureux de moi, et que tu ne sais pas quoi me dire d'autre.

J'ai en moi des petites choses qui durent, comme l'odeur précise de tes doigts aux ongles fraîchement coupés.

Tes mails sont rares, imprécis, d'une cruauté affûtée au déni, à l'oubli.

Tu te souviens seulement de ma fragile et très éphémère grossesse, tu me répètes qu'alors tu étais heureux. Tu concentres toute notre histoire dans ce ventre, juste un cocon, et notre amour d'un an est raccourci dans ce papillon, cette larve, cette ébauche.

Je ne voulais pas d'autre enfant pourtant.

Tu m'avais prévenu de ta mémoire faillible. Jamais je n'aurais pensé qu'elle était si pauvre. D'elle pourtant tu t'es souvenu. En quelques jours seulement tu m'as quittée, oubliée, remplacée. Je ne crois pas que ta mémoire soit seule responsable. Je crois que tu n'étais déjà pas là quand nous étions ensemble.

Les premiers jours après ton départ, j'ai rangé mes robes dans le placard, je ne m'habillais plus qu'en noir. Tu me voulais en robe, en couleurs, souriante. Tu m'aimais souriante dans ma robe bleue. Je ne m'épilais plus, je touchais la repousse des poils comme un soulagement. La texture granuleuse sur ma peau, parsemée de micro-épines, me paraissait douce, amère, comme la promesse sordide de n'être plus jamais là, les jambes lisses, pour personne.

J'ai décidé de redevenir une femme quand tu as couché avec elle. T'imaginer te réveillant le matin dans ses bras est ce qui m'a fait le plus mal. J'aimais tellement me réveiller repliée dans ton corps. Je me tordais pour rentrer tout entière dans le creux de ton ventre, en spirale. Je rentrais dans ton espace en me retournant, en dénouant ma colonne vertébrale, je me laçais en toi.

Maintenant, alors que je t'interdisais de le faire quand nous étions ensemble, parce que je croyais ne pas aimer ces gestes-là, je croyais être au-dessus, très au-dessus, maintenant j'adorerais que tu m'achètes une robe, une robe pleine de couleurs, une robe pour l'automne qui est presque là, je l'ai vu dans les parages, dans l'excitation des châtaigniers. J'en suis là, bête à attendre des cadeaux d'amoureux qui ne viendront plus jamais. Mettre une robe que tu m'aurais achetée, bleue de préférence. La porter loin de toi, mais la porter.

Je mets mon petit garçon devant la télé, des heures, et je reste devant l'écran de mon ordi pour attendre tes mails.

Avant de quitter mon mari pour m'installer avec toi, j'avais fait une machine de doudous. J'avais mis la maison en ordre, je l'avais nettoyée en grand, j'avais fait des lessives, j'avais lavé tout ce qui pouvait passer à la machine, même les doudous et les peluches des enfants. Pour qu'ils sèchent avant la fin du jour, je les avais posés sur une table au-dehors, et je sortais toutes les heures les orienter en fonction du soleil. Je m'amusais avec ces doudous-tournesols.

Mon petit garçon reste devant la télé, son doudou propre à la main. Il ne bouge pas plus que son petit singe, ça ne lui ressemble pas. Il est beaucoup trop sage, et ma fille reste enfermée dans sa chambre. Les questions non posées piègent leurs jeux, leurs mouvements, déséquilibrent notre vie. Ils me regardent avec tant d'interrogations, de tristesse, d'inquiétude, que je les amène dehors respirer ensemble, sortir de là où je n'ai vécu qu'avec toi.

Quand tu t'es retiré de ma vie, de mon corps, tu as retiré ma vie, mon corps, parce que, j'aurais dû m'en défendre, mais tu m'existais. Je vivais par ton regard, tes bras, tes mots. Avec toi, je portais les couleurs et les odeurs des choses. Leurs sons. S'il faisait chaud tu avais un parfum de soleil. Si nous avions marché longtemps je t'attirais vers moi pour voir ce que nous avions vu. Je t'écoutais, tu me racontais. Tu racontais pour moi et tu racontais moi. Je n'existais que par ce que tu disais. Tu disais le monde. Ta présence près de moi était une cosmogonie. Ton corps n'était pas un corps pour consoler. Il était un commencement.

Je dois maintenant réapprendre les mots, les choses, l'espace, les sensations. Je ne sais plus marcher. Je titube.

Je pense à toi, et à chaque fois, il y a immédiatement un petit point déchirant en moi, au milieu du diaphragme, là où ça se plie quand on respire. Ce point, ce pli douloureux, c'est cette petite voix de toi me répétant que tu n'es plus amoureux de moi. Je garde cette commissure de douleur, c'est un rappel, une piqûre à chaque inspiration d'air et de mots, et ça me fait trop mal pour que je puisse essayer de t'oublier.

J'ai quitté mon mari, j'ai quitté mon paysage, ma montagne, et nous avons essayé de vivre ensemble, toi et moi. Tu m'as rejoint tout de suite, dès que j'ai déménagé, nous avons installé cet appartement ensemble dans la vallée.

Ma vie quotidienne est ponctuée de brûlures, je me brûle à chaque geste anodin. Si j'allume la télé, je vois le boîtier que tu as installé. Chaque petite chose me rappelle ton corps, tes remarques, nos rires de bricoleurs maladroits, je pense à toi, dès que je baisse le store de la chambre, que j'imprime ce livre pour relire et corriger, que je fais bouillir de l'eau, griller du pain, dès que je range un jouet dans le coffre de mon petit garçon, que j'allume une lampe.

Tu m'as reproché de n'avoir rien tenté pour te retenir, le matin de ton départ, mais moi, moi j'étais sidérée. Je n'étais pas immobile, mais absente. Je n'étais plus là. Je me souviens que tu voulais me faire la bise, et comme je refusais, mon fils, qui croquait ses céréales dans la cuisine, m'avait traitée de méchante. Le seul mouvement hors de moi était ces gestes de maman, automatiques, verser le lait, ajouter les céréales, aider mon petit garçon à grimper sur la chaise, le regarder manger. Je n'ai pas pu lui expliquer pourquoi je ne pouvais pas te dire au revoir, te faire la bise, pourquoi ta demande était si cruelle. Je crois que je ne pleurais même pas.

Je me déplace avec dans la poitrine et le ventre, à même la peau, un cadenas sans clé. Je porte ce verrou, il me fait mal quand je marche et quand je respire.

J'ai sans cesse dans ma paume le souvenir sans douleur de cet embryon décroché des plis du tampon. Je n'arrive pas à pleurer cette perte.

Mon petit garçon me câline, souvent, en me répétant je t'aime maman, je t'aime très fort. Je ne pouvais pas avoir un autre enfant, je le regarde, il souffre déjà de ma séparation d'avec son père, je ne le vois que si peu, je ne peux pas, je ne veux pas le remplacer. L'enfant c'est lui, mon petit dernier, il ne mérite pas ma souffrance, et toi, toi, tu ne le mérites pas. Tu ne mérites pas mes enfants, ni ceux qui sont nés, ni ceux qui ne viendront jamais, ni celui dont j'avais fini par rêver. Ce rêve était une bulle trop fragile, elle n'a pas tenu le choc du réel, du réveil.

Aujourd'hui j'ai mes règles, et, à chaque fois que mon ventre se plisse et s'écrase, je me dis que c'était pourtant si facile. On aurait donné à notre enfant un prénom d'eau, de gouttes ou de perles glissant sous la surface, de nageur en eaux profondes. C'était si facile. Mais la bulle a crevé.

Hier, je suis sortie jeter ma poubelle. Le container débordait. Il était rempli d'affaires bleues, vertes, blanches, qui semblaient toutes propres et neuves, dont le plastique de protection luisait au soleil. Je me suis approchée pour lancer mon petit sac. Il est retombé sur des affaires de bébé, encore dans leur emballage d'origine, sièges en mousse, pot, ustensiles. Jamais ouvertes.

La factrice m'a laissé un petit mot m'informant que mon interphone ne fonctionnait pas. Je suis remontée dans la cuisine examiner l'appareil, je suis redescendue, remontée, descendue à nouveau.

On ne pouvait plus sonner, mais des bruits passaient. J'étais perturbée par ces sons, car je n'arrivais pas à saisir leur origine. Je suis montée, descendue, remontée, redescendue, et jamais les sons ne me paraissaient appropriés, ni à la rue, ni à ma maison. Au-dehors une dernière fois, je me suis sentie rougir, j'avais l'impression d'entendre des tessitures sonores intimes, très intimes même, lorsque j'ai reconnu le pas transparent de ma fille. En remontant une dernière fois j'ai enfin remarqué le combiné mal raccroché. J'ai compris dans la gêne que dehors on entendait dedans. Un dedans non provoqué par une sonnette, pas une voix qui répond, non, un dedans inconscient. Un dedans qui dit malgré lui, qui livre, me livre, livre les pas pourtant si légers de ma fille, tous les bruits du dedans exposés sans pudeur au-dehors, dans la rue. Depuis quand ?

Je me demande depuis quand ma maison est dehors, depuis quand chez moi s'écoute en passant dans la rue.

Je me demande si des passants nous ont entendus, toi et moi, quand nous étions ensemble. Si mes voisins, la factrice, les promeneurs, les touristes, le balayeur de 7 heures, ont écouté nos petits déjeuners, nos discussions sur l'écriture en épluchant les pommes de terre, nos rires lorsqu'il me fallait tout t'apprendre, le nom des légumes, la cuisson du riz. Tu te nourrissais avant moi de plats tout préparés, et je me demande si quelqu'un nous a entendus débattre de couleurs et de formes de légumes, de cuisine et de construction de livres.

Tu te serrais contre moi parfois lorsque je faisais la vaisselle. Tu me prenais dans tes bras, protégeant ton visage des éclaboussures dans mon cou. On riait de ces riens, on riait beaucoup.

Je voudrais interroger les passants, qu'ils me répondent, oui, c'est vrai, tu n'as pas rêvé, toute la rue vous a entendus vous aimer, toute la rue.

Hier encore malgré le dégoût de nous je pensais à toi, en ramenant mon petit garçon chez son père, comme si la carte que je suivais allait me conduire vers ton regard, tes mains.

Je pensais à toi sous le mode archaïque et exclusif du désir. Pendant que je conduisais, je t'attendais. Pourtant sur la carte je n'allais pas vers toi. Le désir occupe le corps sans aucune alternative. Il se condense en lui. Il forme un noyau, une noisette de chair supplémentaire. Elle naît et prend forme entre la gorge et le diaphragme, puis elle descend le long de la colonne vertébrale, jusqu'au sacrum. Parfois elle remonte dans les mains vers l'écriture. Mais si les mains sont occupées à autre chose, et souvent la tête aussi, elle poursuit son chemin ailleurs. Je n'ai pas de point d'appui, pas de point d'équilibre, de gravité. Le sacrum ne sépare pas en deux la petite noisette de chair : il la multiplie puis la laisse disperser son roulement au creux des cuisses.

Des paysages traversés, je n'ai souvenir que de

fragments, comme l'avancée dans la nuit (le ciel était liquide, complètement dégagé, noir puis bleu), la succession des lumières sur le trajet : les étoiles, les miroitements gelés d'une voie ferrée, les flammèches du lever de soleil dans les vitres d'une ville en terrasses. Des paysages traversés je ne me souviens que de m'être demandé s'ils t'auraient plu.

Je n'arrive pas à t'oublier. Je prends le risque quotidien de me souvenir de toi. Je me mets sur tes genoux à nouveau, comme lorsque nous nous écrivions des lettres du matin et du soir. Je prends ce risque : je sens tes lèvres dans mon cou, ta main qui écarte et retient mes cheveux, tes cuisses sous les miennes. Tu es encore incroyablement présent. Je m'appuie contre toi, je sens dans mon dos les mouvements massifs de ta respiration et j'entends résonner sur mes vertèbres l'accélération de ton cœur. Tu respires dans mon dos. Tu es incroyablement vivant. Je rêve de tes mains sur mon ventre lorsque les miennes passent derrière ta tête pour ramener ta bouche contre ma bouche et embrasser tes mots, mais tes mots se sont perdus, et tes mains je les invente.

Les autres hommes sont frileux, je n'en finis pas de rabattre sur eux ma peau, mes draps, ma couverture, de les protéger, les rassurer. Je pourrais croire qu'ils ont peur, peur de se perdre en faisant l'amour autrement que de loin, du bout des doigts, presque à distance. Il est bien seul, leur sexe qui s'aventure, courageux, intrépide même parfois, avec tout au fond de moi cette petite tête si curieuse du gland découvert. Je crois que les autres hommes, lorsqu'ils font l'amour, passent tout entiers dans leur sexe, ils y plongent tout le corps, les pensées, les émotions. Ils n'existent plus ailleurs.

J'aimais faire l'amour avec toi, parce que tu savais t'ouvrir, t'ouvrir si grand au lieu de te refermer comme eux. Tu avais un dos, des épaules, des mots, des bras, des cuisses si longues, des rires multipliés par la musique de mes mains, un ventre chaud et des hanches désaxées. Et surtout, tu me regardais comme je te regardais, on faisait l'amour sans se quitter des yeux. Sans se quitter, même après. Parfois, j'ai l'impression de te voir encore, et tu me regardes. Tu me regardes encore mais tu ne me fais plus l'amour maintenant. Je me fais de fausses idées, de fausses impressions, sur des souvenirs, des persistances rétiniennes. Je crois voir ton regard encore, mais les bras qui m'entourent ne sont pas les tiens.

Je me creuse, je me creuse et c'est vide en moi. Ce vide est moulé sur les formes de ton sexe, de tes mains, de ta langue, de tes mots. J'aimais te sentir loin en moi, quand ton sexe frappait contre les replis du col, tu es celui qui est allé le plus loin, à croire que le chemin se traçait de lui-même. Tu es celui qui m'a le plus ouverte, tu fouillais, tu creusais le lit de la rivière. Ce lit s'efface dans le paysage.

Tu me manques.

Au jardin public, à l'ombre sur le banc, ma robe s'est ouverte pendant que je lisais. Je ne m'en suis pas aperçue tout de suite, distraite par mon fils et mon livre.

En voyant l'ouverture immédiatement j'ai pensé à toi, comme si l'air et mes mouvements qui avaient décroché les boutons t'avaient appartenu. Tu ouvrais ma robe comme aujourd'hui, sans que je m'en rende compte.

Je l'ai rajustée avec une pensée pour toi à chaque boutonnage. Les boutons rentraient dans leur emplacement comme des gouttes qui perlent, et ma robe bougeait, changeait de forme sous l'apparition des gouttes. Elle pleurait, elle s'égouttait, elle perlait des larmes isolées et solides, elle écoulait, laissait s'évaporer de l'eau venue de je ne sais où, de moi peut-être, de sous ma robe. J'étais si attentive à ces perles, ces larmes, ces gouttes de ma robe, que je ne pensais plus à toi, je ne pleurais pas, juste ma robe.

Quand nous étions ensemble, j'avais un bloc près de moi, et de ce bloc je faisais naître une forme, je le taillais, je le sculptais de mes caresses, de mes mots. Tu es devenu une forme, un personnage, tu as pris vie, tu m'as quittée.

J'ai sculpté ton plaisir pendant des mois, des milliers de fois, je t'ai fait naître, dressé, fait apparaître. Tu aimais cette apparition, tu aimais les formes prises par ton corps fermé que mes mains entrouvraient.

Tu me demandais de te parler, et vers la fin de notre histoire, tu ne voulais presque jamais jouir autrement que sous mes ordres. Tu me disais je veux jouir sous tes ordres. Tu me demandais de choisir le lieu et le moment pour ton sperme. D'abord le lieu, ensuite le moment, et enfin les mots. Tu pouvais retenir l'orgasme longtemps, délicieusement agacé par mon silence, très près de la jouissance mais dans l'impossibilité de la libérer tant que, disais-tu, chuchotais-tu, je ne t'en avais pas encore donné l'ordre. Alors parfois je laissais du temps entre le choix du lieu et du moment, je voulais te tenir dans cet espace.

Ton sexe était attentif et dompté. Il ne s'immobilisait pas, il se frottait encore, restait en mouvement, dans cette interdiction de jouir. Tu attendais que je te dise maintenant, viens, ou, si j'avais un peu trop tiré sur ta patience, ton désir, juste maintenant, ou encore juste viens, juste ton prénom.

J'espérais parfois que tu ne résistes pas, que tu désobéisses, mais non, et, brûlant et tendu et suppliant, tu protestais seulement entre mes seins ou sur mon visage, tu pressais un de mes seins dans une de tes mains et tu me faisais mal en approchant tes lèvres dans le creux de mon oreille pour que je t'entende mieux me supplier de te demander de jouir. Je te maintenais à la limite encore, je souriais, alors tu bloquais ma bouche avec ton sexe pour m'empêcher de parler et me prouver que tu pouvais attendre encore. Même lorsque je te branlais, même lorsque c'était moi et moi seule qui dessinais ton plaisir, tu voulais que je le décide, tu me répétais dis-moi, dis-moi quand tu veux mon sperme, je ne veux jouir que sous tes ordres.

Je n'aurais jamais dû laisser s'installer cette manie, cette aliénation, cette soumission.

Avant même que je ne me comprenne enceinte, j'avais un tout petit peu de lait. Tu croquais mes seins alors, beaucoup plus qu'à l'ordinaire, dans l'espoir excité de goûter ces quelques gouttes sucrées, perlant au bord des mamelons, plus épaisses que les gouttes de pluie ou de rosée au versement des pétales, à l'angle saillant des feuilles, mais plus discrètes que ces mots sur la langue, ces mots qui nous manquaient si souvent.

J'aimais ça, j'aimais que tu coinces les mamelons dans ta bouche, du bout des dents, ou encore entre le pouce et l'index. Parfois tu avais ce pouvoir de me faire jouir juste comme ça, en léchant ou mordillant un bout de sein, pendant que tes doigts pinçaient l'autre et que de ta main libre tu te caressais. Je fixais cette main d'où émergeait la tête du gland toute mouillée, pour guetter le moment de jouir, que je calquais sur ton plaisir, sans te le dire, et même, en te laissant croire l'inverse. Il arrivait que le lait perle juste avant l'éjaculation, et ton soupir était tout imprégné de sucre.

Tu n'aimais pas me faire mal. Tu me refusais des caresses lorsque tu pensais déchiffrer des signes de douleur sur mon visage. Tu te relevais lorsque j'étais sur le ventre écrasée par le poids de ton corps et que tu croyais entendre diminuer ma respiration. Effrayé par le frottement des pointes de mes seins sur la fermeture éclair de mon gilet jeté sur le lit, tu m'avais doucement retournée.

Pourtant, je voulais avoir mal et je te le disais.

Pourtant, je n'avais pas mal comme tu le pensais.

Je te disais laisse-moi mais tu ne m'écoutais pas.

Pourtant, tu aurais dû savoir ce qui me faisait mal en vrai.

Pourtant ta peur de me faire mal ne t'a pas empêché de me quitter. De me remplacer. De détourner le cours de la rivière. De ramasser tous les cailloux pour les coucher sous elle. De pêcher les poissons, siffler les canards, pour l'entourer, elle, de bruits de plumes, de coups de nageoires.

Pourtant tu m'as fait mal comme personne encore ne s'était décidé à le faire.

Tu m'as fait mal en préméditant ton retour dans ta ville, tu as tout calculé, le terrassement du lit de la rivière, la déviation du cours d'eau. Tu as planifié mon assèchement, ma douleur, mon égarement.

Lorsque nous étions loin l'un de l'autre, nous étions nos meilleurs lecteurs, nos premiers lecteurs. Nous partagions une intimité d'écrire, une complicité.

Pendant notre petit espace de vie commune, tu t'es refermé sur tes carnets. Tu te cloîtrais pour écrire, tu te cachais dans la chambre, tu mettais des écouteurs, tu t'enfermais à clé. Tu ne voulais plus que je te lise et je voyais de la méfiance griser ton regard. Tu me disais que les brouillons sont des pages trop personnelles pour être partagées, tu oubliais tout ce que nous nous étions confié, des manuscrits impubliables, indécents, inachevés.

Tu es devenu si pudique que je me demandais ce que j'avais bien pu faire, dire, pour réduire la confiance entre nous à quelques gestes d'amour seulement.

Tu ne me faisais plus confiance que dans l'amour, tu ne te livrais plus que lorsque tu me serrais dans tes bras. Jusqu'au bout, jusqu'à ce que tu partes, tu m'as serrée dans tes bras comme ça, en toute confiance. Mais dans l'écriture tu m'as quittée très vite, tu m'avais quittée bien avant d'être parti. Dans l'écriture tu ne m'as jamais vraiment laissé de place, sauf dans ce livre.

Un matin, il y a plusieurs mois, peut-être plus d'un an, peut-être deux, un matin dans la nuit encore, mon mari m'a écrit une lettre que j'ai trouvée tout près de mon visage, devant mes yeux ouverts aux premières lueurs, aux premiers bruits du jour. Il m'avait écrit pour m'apprendre sa décision de ne plus me toucher, de ne plus m'approcher, de ne plus non plus se laisser toucher ou approcher par moi. J'avais été distraite, comme à côté du monde et des choses, un peu trop longtemps. Il m'avait attendue, souffrant de mon absence, de mes refus. Distraite, en retrait, je ne voulais plus si souvent faire l'amour. Il avait donc pris cette idée comme une décision, de se refuser à son tour, définitivement. Ce n'était pas par vengeance, ce n'était pas une punition, il ne voulait pas me faire souffrir, juste n'avoir plus rien à attendre de moi, ne plus avoir à penser à nous, à son désir, à mon absence. On allait vivre ensemble sans plus se toucher, même un tout petit peu, même l'air de rien et voilà, comme ça se serait plus simple. Je m'étais sentie trahie, prise au piège. Je n'avais plus un corps que de rancune, un ancien nid, je n'étais plus que la mère des enfants, mon ventre un ancien lieu de gestation, déserté. Mon mari ne s'approchait plus que des enfants.

D'ailleurs, nous n'avions plus aucun témoin de notre mariage, de notre amour, ils étaient morts, suicidés, fâchés. Seuls les enfants pouvaient témoigner de notre histoire. Les deux grands, qui nous avaient vus nous rencontrer, et le petit, né de cette rencontre.

J'ai appris à lui faire l'amour les yeux ouverts et le corps fermé, puisque le regarder ça c'était permis. Je pouvais jouer à ça, souffrir à ça, n'importe quand, n'importe où et même avec n'importe qui. Mais n'importe qui c'était difficile pour moi puisque j'aimais mon mari. J'ai pris le temps dès lors d'apprendre à lui faire l'amour malgré lui, le plus souvent à son insu, juste en regardant ses épaules nageuses, sa peau pâle gouttelée de roux, ses mains, ses gestes, ses genoux, et même sans le regarder parfois je le voyais, il débordait mon regard comme une mèche de cheveux s'échappe de la barrette, comme un coude plié dépasse des draps et trahit un corps endormi, un corps chaud, un corps présent mais retiré dans sa nuit, dans son lit, ses rêves.

Quand je le regardais, il fermait les yeux, tournait la tête, changeait de pièce, sortait de la maison.

Toi, tu m'as fait l'amour jusqu'à la fin, jusqu'au matin de ton départ, ou plutôt je te faisais l'amour, à ta demande. Je te prenais, je te gardais dans mes bras, je te regardais t'endormir.

Je voudrais te faire l'amour sans te toucher comme je l'ai fait à mon mari, sans te le dire, sans ta permission, mais tu es si loin, et je te connais si peu.

Je ne peux plus faire l'amour avec toi qu'en souvenir. Je ne peux plus faire l'amour avec toi que dans ce livre, en le relisant, en ajoutant des pages.

J'ai l'impression que quelque chose à l'intérieur de mon thorax découd mes muscles et ma peau, je ne sais pas bien comment, me défait, crève la plèvre de mes poumons, ça fait mal, je mets mes mains pour retenir mon souffle et mon cœur, pour qu'ils ne sortent pas. Ma respiration s'accélère et me submerge, je ne la maîtrise plus. J'ai l'impression de craquer sous elle, quand je pense à toi, il me semble tendre les bras, comme un joueur d'accordéon sans air, abîmé de musique et le souffle court, ouvrant son geste à s'en décrocher la poitrine. Je me replie dans tes bras de musique, mais il n'y a plus de bras, il n'y a plus de musique. L'air me manque dans le silence envahissant. Je tousse. Cette toux fait le même bruit de déchirure qu'un papier gras dont on se débarrasse. J'essaie doucement de respirer, de rester calme, mais tu as donné à mes poumons des gestes d'accordéoniste malade.

Je me souviens si bien de tes gestes que je les sens encore, comme s'ils étaient gravés partout sur moi. Je garde une mémoire de toi parfaite sur ma peau, dans ma bouche, dans mon sexe, dans mes yeux, mes oreilles, mes cheveux.

C'est une mémoire lithographique, mes souvenirs sont impossibles à détatouer. Chaque empreinte est un moment de nous, comme lorsque j'étais assise sur le lit et toi debout face à moi, encore habillé. J'avais attaché mes cheveux avec une pince, tu ramenais derrière mon oreille une mèche oubliée et ce geste me touchait de façon disproportionnée. Il était comme une invitation, un apaisement, comme une phrase d'amour sans mot.

Cette main qui remontait une mèche de mes cheveux avec une douceur inhabituelle, ça voulait dire mon amour, prends-moi dans ta bouche.

Je soulevais le tee-shirt rayé, j'effleurais ton ventre chatouilleux (tu t'écartais un peu en riant), puis je dégrafais ton jean, je moulais ma main sur la forme de ton sexe prisonnier du caleçon. Tout était si calme que je t'entendais sourire. Ton sexe était tendu, vivant, et le coton s'humidifiait sous ma main. Je pressais avec mes doigts et je te regardais. Tu avais le visage penché vers moi, ça me faisait de l'ombre, une ombre patiente et chaude, et moi je faisais comme si ton corps me protégeait de tout. J'avais sorti ton sexe entièrement et j'en approchais mes lèvres. J'embrassais ta peau fine, mais sans appuyer ma bouche, en frôlant ton odeur. Tu sentais incroyablement bon, et je ne savais pas si c'était une odeur encore, ou déjà ce goût que j'aimais tant. Avec ma langue pour le retrouver, je te léchais en remontant depuis la base de ton sexe, je le tenais avec mes deux mains, puis une seule, et l'autre soupesait précieusement tes testicules, les contenait.

Tu avais posé tes deux mains sur mes épaules comme si tu ne pouvais plus tenir debout. Je sentais la pression de tes paumes, elle répondait exactement à l'ombre de ton corps sur moi, j'avais l'impression que tu me protégeais, de quoi je ne sais pas, mais tu me retenais dans un espace tiède, un espace qui nous était réservé.

Je happais ton sexe, il adhérait à mes joues, mes lèvres, il cognait parfois sous mon palais, et ma langue le suivait, s'y agrippait, mes mains repoussaient ton jean plus bas et attrapaient tes fesses pour te rapprocher, te coller à mon visage, mon visage disparaissait dans ton ventre et j'ouvrais les yeux dans une obscurité accueillante, elle descendait en moi. Tu avais toujours tes mains sur mes épaules, elles serraient ma peau à travers le tee-shirt. Parfois, l'une d'elles remontait dans mon cou et le saisissait. Je t'appartenais.

Tu sais, je t'appartiens encore.

Tu te pressais encore contre moi, tu enfonçais ton sexe dans ma gorge. Tu m'étouffais. Je cherchais de l'air juste quelques secondes et tu me chuchotais, continue, ne t'arrête pas, alors je prenais une grande bouffée d'air, elle était pleine de ton odeur, forte et sucrée, entêtante, puis je prenais ton sexe entièrement dans ma bouche et le ressortais, le prenais à nouveau, je t'avalais et te repoussais alternativement, ton sexe était un de ces poissons musclés (carpes, saumons) qui remontent le courant, ou bien le poisson c'était ma bouche, et ton sexe en mouvement les cascades de la rivière.

Je t'entendais murmurer oui, ta voix me bordait, me tenait chaud comme ton ombre et quand tu as joui je t'ai bu, je te buvais, j'avais très soif de toi.

J'ai soif encore.

Ton sperme était abondant comme d'habitude, il y en avait dans ma bouche, sur mes lèvres, mes joues, et la rivière coulait dans mon cou. Tu as sorti ton sexe et tu continuais de mouiller mon visage, je scintillais, mes paupières battaient, mes cils attrapaient du sperme et brillaient, mes paupières étaient collées, je passais mes doigts pour les ouvrir et te regarder.

Les lèvres de mon sexe étaient tendues à me faire mal parce que te faire jouir me donnait un plaisir aussi violent que les trombes d'eau dans lesquelles se débattent les poissons. Je n'entendais que ce bruit fou de l'eau, je n'entendais pas les abords de la rivière, pas même les ailes lourdes des oiseaux d'eau au loin. Juste l'eau tombante de la rivière.

On tombait ensemble sur le lit, comme un seul corps, j'avais mes bras autour de toi et les tiens encerclaient mes hanches.

Je m'endormais petit à petit pendant que tu te déshabillais complètement, je t'entendais à peine, je te sentais t'allonger contre moi, puis tu me réveillais en me déshabillant, tu soulevais mes bras pour faire passer mon tee-shirt, tu tirais sur mon pantalon, tu faisais glisser ma culotte, tu dégrafais mon soutien-gorge et tu mangeais mes seins. Je sentais tes doigts puis ta main se loger, se lover dans mon vagin. Elle bougeait et me remplissait.

Tu léchais le bout de mon sein, d'abord l'aréole, tu faisais le tour avec application, mon téton durcissait, tu le suçais, tu le pinçais entre tes lèvres, puis tu le prenais entre tes dents, tu mordillais et tu croquais, et tu me faisais mal, je te le disais, mais je te disais tant pis, mange-moi, croque-moi quand même, j'aime bien quand tu me fais mal.

Tu retirais ta main, tu recrachais doucement mon sein, puis tu me déplaçais et tu me pénétrais, là encore ça me faisait mal, ça me brûlait malgré ta salive dans mon anus, mais je ne disais plus rien, je respirais profondément, ton sexe très dur dialoguait avec le bas de ma colonne vertébrale, j'avais l'impression d'avoir muté, d'avoir soudain, accrochée au sacrum, une aile ou une nageoire peut-être, elle bougeait et je nageais. Tu étais, encore et toujours, cette rivière qui me faisait jouir, ma rivière. Je n'entendais que le son de l'eau. Il cachait les bruits de la peau. La peau fait moins de bruit que la rivière, elle ne fait que des petits bruits, tu sais, ceux de la peau caressée, la peau pincée, sucée, léchée. Ils étaient enfouis sous le vacarme du courant.

Tu avais pris chacune de mes mains dans chacune des tiennes, tu les serrais à briser mes doigts, mes phalanges étaient immobilisées. Et je prenais à nouveau ce geste comme une de ces phrases d'amour sans mot.

Tu te retirais et sans me laisser le temps de me retourner, de bouger, tu venais tout au fond de mon vagin. Tu étais si loin en moi que ça me donnait mal à la tête, ça me donnait des vertiges. Je sentais l'extrémité de ton sexe creuser, creuser en moi. Je me serrais contre toi pour que tu creuses encore, je te sentais comme jamais, je gémissais, j'avais l'impression de te pénétrer à mon tour, mon vagin était encore cette carpe, ce saumon qui remontait ton courant d'eau, et j'aimais ce courant, j'aimais quand tu me pénétrais si fort et si loin, tout au fond de mon corps, du plus profond de la rivière.

J'aimais me faire emporter.

Dans un empressement d'ellipse, parce qu'il nous fallait souvent passer d'un temps à l'autre, d'un lieu à l'autre, d'une vie à l'autre, d'un livre à l'autre, il nous arrivait de faire l'amour habillés et dénudés pourtant. Tu avais un corps fragmenté, offert et prêt à partir, à se dérober, pour ne pas rater ton train, pour ne pas être en retard d'obligations désuètes auxquelles tu aimais te plier. Tu n'étais déjà plus dans notre parenthèse, dans notre présent, tu regardais ta montre. Tu avais passé ton tee-shirt par-dessus tes épaules sans l'enlever tout à fait, offrant ton torse nu sans offrir les épaules, sans offrir les aisselles. Ton tee-shirt était replié là, sous et sur les aisselles comme en interdisant l'accès. Mais je t'aimais sans comprendre et je ne voyais que ton torse donné, livré à mes lèvres.

Maintenant que tu m'as quittée, que tu n'écris plus avec moi, que tu es juste un personnage, à peine un destinataire de ces lettres, ces lettres sans réponse désormais, ces lettres que tu ne liras peut-être même pas, maintenant je me souviens de moments où tu n'étais pas là, de moments où tu ne me répondais pas, de moments ensemble où tu t'absentais, où tu ne me voyais pas, ne m'entendais pas.

Avant je m'interdisais de me souvenir d'eux. Je faisais comme s'ils n'avaient jamais eu lieu.

Je me prépare à décrire un de ces moments. Le vent secoué de pluie violente vient de rabattre entièrement le volet de la pièce où je me suis installée pour écrire, il fait si noir et si bruyant soudain, j'ai l'impression d'avoir pris une claque. Je me lève, j'ouvre la fenêtre, la pluie se jette dans mon cou, ma nuque, mais je parviens à replier le volet, l'accrocher, et remettre du jour sur mon bureau. Je peux écrire.

Je prenais un bain et tu m'as oubliée. Tu m'as mise dans le noir et le silence. Nous avions fait l'amour longuement, dans cette salle de bains d'hôtel, en plein jour, elle était pleine de lumière et nous aussi. Tu t'en souviens sans doute. Tout était blanc et scintillant, nous étions restés un bon moment sur les marches de la baignoire, ma tête endormie dans tes cuisses. Le jour est devenu mince, la nuit peu à peu s'est avancée et je me suis réveillée. Tu t'es relevé, engourdi, en me disant que tu allais t'habiller et travailler un peu. Je me suis fait couler un bain, j'ai allumé le plafonnier, et les néons au-dessus des lavabos, je suis descendue dans la mousse heureuse et couverte de toi.

Tu es revenu habillé pour te raser. Je t'ai regardé dans le miroir, je t'ai souri et je crois même que tu m'as répondu, que tu m'as souri toi aussi, mais si je réfléchis bien, ce n'est pas possible. Il faisait complètement nuit désormais. Tu as méticuleusement nettoyé le lavabo, le rebord, tu as rangé tes affaires, tu as éteint un néon, puis l'autre, et comme je te regardais inquiète sortir sans m'embrasser, tu t'es ravisé, tu es revenu en arrière pour éteindre le plafonnier et tu es retourné vers la chambre. Je me suis assise dans la baignoire, avec des remous d'eau et des souffles pour que tu me voies, que tu m'entendes, pour te dire sans te parler, parce que j'étais muette, interdite, privée de mots, pour te dire avec l'eau et mes gestes, mais je suis là, je suis là. Alors, comme s'il te manquait quelque chose, tu es revenu encore, c'était moi qui te manquais, tu savais bien que tu oubliais quelque chose, et cette chose c'était moi. Tu as fait quelques pas, comme au hasard, tu hésitais, et moi je me disais que tu allais revenir vers la baignoire, m'embrasser, t'excuser, je te regardais, je ne te quittais pas des yeux, je te voyais dans la lumière venue de la chambre, ce peu de lumière que tu m'avais laissée, je voyais en contre-jour ton étourdissement invraisemblable, et toi, toi tu cherchais ce qui n'allait pas et tu m'as tourné le dos, entrant à nouveau vers la chambre, décidé soudain. Tu as fermé la porte.

Je me souviens qu'elle n'a pas claqué, non, le silence et le noir m'ont serrée, ils résonnaient, et le bruit de l'eau, des tuyauteries, était absorbé par ce silence et ce noir.

Dis-moi, dis-moi ce que je dois faire pour comprendre, avoir un mot de toi, au moins une réponse à ces lettres.

J'ai l'impression que tu ricanes sur les visages de chaque lecteur de ce livre. Je croyais n'écrire que pour toi, je te croyais mon seul lecteur, mais tu ne me lis plus, tu ne te penches plus au-dessus de moi pour m'embrasser ou me lire. Rien de tout cela, pas même me lire, je n'aurais jamais cru ça.

Il n'y a pas un mois, nous fabriquions encore ce livre ensemble, il était notre maison, il nous contenait. Nos écritures se mélangeaient au point de se confondre. Cette confusion se faisait par imprégnations progressives, nos lettres se mêlaient comme les odeurs de nos corps au matin.

Est-ce qu'on peut rentrer dans un corps comme on entre dans un livre, totalement, en étouffant les bruits de l'extérieur, en calfeutrant l'espace ? Je me laissais absorber tout entière tu sais, en oubliant jusqu'à la pluie, jusqu'à la différence du jour et de la nuit, jusqu'aux cris des enfants.

Quand tu entrais en moi, tu nous enfermais dans cette même forteresse, cette prison, ce moule, tu me noyais dans la rivière. Impossible de remonter à la surface, de lutter contre le courant, de reprendre un peu d'air.

De l'air maintenant j'en ai des pleines pages.

De l'air j'en ai jusque-là, en abondance, tellement que ça me donne mal à la tête. Je titube.

Je te regardais toujours marcher déhanché. Au bout de quelques mois tu ne t'en apercevais plus, tu ne t'en émouvais plus. Tu avais pris l'habitude de mon retrait, je m'arrêtais de marcher pour te regarder et tu devais en avoir marre, de te retourner, de m'attendre, et de répondre à mon sourire dans la rue.

Je traînais et tu as fini par t'en agacer. En voyage tous les deux dans une ville d'amoureux, un jour de petite pluie, à peine une bruine, j'ai ralenti à nouveau pour rêvasser à ta démarche. Au lieu de ralentir à ton tour, au lieu de me presser, au lieu de sourire, tu as choisi le pire. Tu as accéléré ton pas. Ta hanche douloureuse tant pis, tu avais décidé d'en finir avec mes ravissements d'amoureuse. Je voulais te rattraper en courant, et me glisser sous ton bras en te défiant de mon sourire mais tu avançais si vite que je t'ai perdu au croisement de la rue.

Au bout de la rue, essoufflée, je ne te voyais plus. Aucune des rues adjacentes ne me donnait envie. Elles étaient toutes vides, il y avait plein de monde, elles étaient vides de toi.

Je me souviens de la panique, d'un sentiment de perte, je n'étais pas perdue, je ne connaissais pas cette ville, mais je n'étais pas perdue, j'avais un plan, l'adresse de l'hôtel. Je t'avais perdu toi. Tu ne devais plus m'aimer pour marcher si vite, pour t'éloigner de moi, sans te retourner.

C'est une ville d'eau, labyrinthique, pleine de rats, de touristes, une ville d'eau sans poissons et sans canards, seulement des rongeurs et des gens.

Mon téléphone a vibré de ton message, tu es où, et j'ai répondu je ne sais pas. Je suis perdue.

Quelques semaines après ton départ, il y a eu mon visage souriant dans les pages d'un magazine littéraire. Les photos ont été prises plusieurs mois à l'avance, elles ont été prises pendant que tu m'aimais. Elles ont été prises pendant que je croyais que tu m'aimais, tu étais avec moi dans le studio, c'est à toi que je souriais, c'est à toi que je souris, des mois après sur ce magazine. Les photos isolées de leur contexte me sont douloureuses et personne ne comprend ça. Moi je ne me vois pas dans ce magazine, je l'ai, là, devant moi, et ce n'est pas moi que je vois. Je ne vois que ce que voient ces yeux qui ne regardent rien sauf toi. Je te vois toi dans mes yeux, je me souviens de combien je t'admirais, ce jour-là, et tous les autres jours. Je me souviens de ton corps dans l'ombre du studio. Les fenêtres obscurcies par des tentures noires, la lumière sur moi et ton corps près du mur si sombre que je ne le voyais presque pas, je me souviens combien je te désirais dans cette ombre.

On jouait à toutes les couleurs, à toutes les valeurs de couleur, de la transparence à l'obscurité totale. Le noir révélait les couleurs, il était tout en profondeur, le blanc scintillait, appelant le baiser. Le noir invitait à la pénétration, il était un apaisement, le blanc une vibration.

Je te désirais dans l'ombre et la lumière, la nuit et le jour.

Je ne vois plus ni blanc ni noir ni couleur. Je ne vois plus.

Je ne sais plus quelle est la forme de ce livre, tu ne me réponds presque plus, et je m'interdis de publier les lettres des deux premières parties. Toutes tes lettres, qui va croire qu'elles ont existé, qui connaîtra les repentirs, les vides, les absences. Tout ce qu'on a pu enlever, toi et moi. Tout ce que tu as pu me donner. Me reprendre.

Je me souviens de tout, tu sais, je me souviens de tes phrases. Ce qu'il manque, tes lettres, tes mensonges, sont devenus ce que je n'arrive plus à oublier. Je suis obligée de les voir, de les entendre, entre chacune de mes phrases écrites. C'est un spectacle obscène, auquel je ne peux pas ne pas assister. Je dois assister à cette représentation douloureuse de la mémoire, jusqu'au bout. Tu as trouvé le moyen de tenir mes paupières ouvertes, tu as posé des agrafes, tu as cousu sous mes sourcils, je ne peux pas fermer les yeux, tu es resté replié dans mes oreilles, tes membres contractés, et tes doigts pianotent sur la toile du tympan, tes ongles exaspèrent la membrane, j'ai si mal, ta peau sur ma peau est un tatouage permanent, opaque, étouffant, tu y as gravé tes phrases, tes lettres. De ce tatouage, rien n'a cicatrisé. Je ne vois plus mes veines, elles étaient bleues sous l'écru de la peau, mais maintenant tout est blanc et noir, strié de lignes droites.

Je suis la seule à voir ces repentirs. Ils sont en dessous, invisibles pour les lecteurs, mais à moi ils me reviennent, me raturent, passent par-dessus mes phrases, je ne vois qu'eux, je ne vois que toi.

Mais parce que mes souvenirs de toi, tes caresses, les sensations sous ta paume, les millimètres d'air où grouillent les frémissements, les miens mais aussi les tiens, ont formé un grillage aux mailles serrées qui me tient tout entière, me ligote le corps des pieds à la tête et glisse à l'intérieur par mes yeux, ma bouche, mes oreilles, mon vagin, tous les pores de ma peau. Je suis tenue, muselée, garrottée. Des bouts de ta peau greffée sur la mienne forment ce filet qui reste visible après la prise. Ce n'est pas le greffon qui a pris tu sais, c'est ma peau à moi, c'est moi tout entière, je me suis figée, paralysée, assujettie par ces souvenirs de toi. Au lieu de s'affaiblir, ils enflent et grimpent en moi et rampent et m'envahissent, tes gestes crochetés dans ma tête et remuant doucement, imperceptiblement, comme le lierre occupe les sous-bois jusqu'à bloquer notre accès à la rivière.

Oui bien sûr j'aimais être tenue, entortillée dans et par ton corps, j'aimais quand tu enroulais presque distraitement une mèche de mes cheveux autour de ton doigt pour prolonger l'avant-baiser, et même quand tu me tirais les cheveux pour me rapprocher de toi, dans une impatience qui me flattait, cette brutalité du désir. J'aimais quand tu menottais mes chevilles de tes doigts fermés si fort pour me retenir, me tenir, pour que je sois à toi. Mais c'était différent alors, tu étais là, tu comprends ça, j'aimais cette aliénation parce que tu étais présent.

Maintenant seul le souvenir m'attache, il m'empêche de vivre, de vivre autre chose, il tire pour me ramener vers toi, et comme tu ne veux plus de moi, c'est comme si tu coupais l'élastique que le souvenir tend à son maximum.

Sur mon visage personne ne voit les traces de cette gifle.

Mais on ne dormait plus ensemble, souviens-toi. On ne se couchait dans le même lit que pour faire l'amour, se renverser, défaire le lit, nager dans la rivière, parler. Pour dormir je devais me rapprocher du bord du lit ou monter sur la mezzanine quand mon petit garçon était chez son père. Je pleurais. Tu as oublié mes larmes sur la mezzanine ou tu ne les as jamais entendues? J'étais si près du plafond que j'entendais le dehors comme s'il était dedans.

Je n'étais pas totalement malheureuse parce que tu étais juste en dessous, je percevais l'écho de ton souffle et l'odeur blanche de mon petit garçon, mais je prenais le temps de pleurer. C'était un temps pour moi, dans lequel il y avait les menus bruits du toit et de la nuit, les gouttes d'eau se disputaient de la place sur les tuiles et chassaient les chats, j'entendais les appels des chauves-souris, les grincements des voitures en contrebas. Parfois des pas, des talons, des courses, des insultes et des corps frappés dans la rue. Je me sentais presque soulagée par les orages, je me moquais de leur grandiloquence. Les nuits de silence, j'étais bercée par le chuchotement du chauffe-eau qui se mettait en marche dans le grenier adjacent pendant les heures creuses. Le chauffe-eau veillait, préparait l'eau pour ta douche matinale, et moi je ne dormais pas.

Pourtant, pourtant chez toi tu as encore dans un de tes livres préférés mes cheveux comme marque-page. Ceux que j'avais laissés chez toi le premier soir. Ils dépassent de la reliure. Tu ne les as pas oubliés là, je ne crois pas, tu les gardes.

Je me demande si ce roman épistolaire peut se lire sans toi, si les lecteurs pourront se passer de tes réponses, de tes questions, s'ils comprendront quelque chose à cette histoire où je me perds, où je me noie.

Je croyais me défier dans un récit d'autofiction, mais ce livre est le moins réel de tous mes livres, même mes enfants y sont des personnages de marionnettiste que je ne reconnais pas.

Il y a des fantômes.

Je pense parfois aux enfants que je n'ai pas eus. Pas seulement les tiens mais les miens, les miens dans une identité qu'ils ont laissée de côté. À chaque grossesse j'ai eu dans ma tête deux enfants, un pour chaque sexe. Un seul est né à la fois, bien sûr, et parfois je pense à Salammbô, Melvil et Lise, à mes enfants dans le sexe qu'ils n'ont pas eu. Je les vois ressembler aux autres et pourtant non. Ce livre est comme eux, un envers, une surprise.

Il y a aussi notre Bulle, et Misty, jamais nés,

à peine formés, déjà disparus, glissés hors de moi sous le courant des caillots, du sang noir, des larmes et des contractions. Je pourrais écrire un livre entier sur mes enfants presque fictifs d'avoir eu une existence à peine imaginée, une vie d'esquisse.

Je crois avoir écrit un livre avec un homme qui n'existe pas, je crois avoir rêvé ses réponses pour continuer mes lettres, je crois avoir rêvé ses gestes, son ventre, ses bras. Est-ce que cet homme était toi ?

Oui, je m'en souviens, mais si tu ne m'écris que pour ouvrir des vides, ne m'écris plus. Je n'ai pas oublié que tu mangeais en moi, que tu te réjouissais en moi, ni même que, parfois, tu tremblais avant de jouir.

Tu tremblais alors bien plus que tu n'avais de plaisir, tu tremblais au lieu de jouir, ou plutôt ta jouissance se trouvait là, dans ce tremblement de tout le corps, ce tremblement comme une onde répercutée partout jusqu'en moi, et moi je te rendais ce mouvement, un peu, et le reste remontait dans mon ventre, et aussi descendait dans mes cuisses, tu me faisais bouger et trembler sans le vouloir, ma chair déviée par le courant, tu vois je m'en souviens, mais tu ne tremblais pas de peur, non, tu tremblais de plaisir, peut-être que ce plaisir te faisait peur, tu as raison.

Le plaisir c'est un sentiment plus qu'une sensation, et les sentiments ne sont pas immobiles, ne crois pas ça. Ils sont parfois retenus, oui, tenus dans un regard, dans une bouche, au bord des yeux comme des lèvres.

Toi tu ne pouvais ni dire je t'aime ni pleurer, mais si souvent tu étais à deux doigts, à deux mots, à deux larmes. Tes sentiments enclavés dans ton corps, je les devinais, ils clapotaient derrière ton visage, à la rive des paupières et à celle des lèvres, comme dans les mares un trouble de remuements, ceux de minuscules animaux immergés, ou comme une fissure dans les poches de la rivière, ces petites piscines d'eau piégée par des cailloux en cercle, qu'un tout jeune enfant perce en posant son pied frileux.

Tous ces non-dits qui m'ont fait mal j'en voyais la fin pourtant, en bulles d'eau pure dans la vasière, en eau claire dans les fondrières au dégel, mais ça ne me suffisait pas. J'avais envie de plus de gestes, j'avais envie de démonstrations, que tu me prennes plus souvent dans tes bras, que tu me caresses le dos, que tu me regardes, que tu cherches mes hanches.

Je suis assise dans la fin de l'été, amaigrie et pleureuse. Je me contracte lorsque je veux saisir des choses, des objets, tenir un volant, tirer une chaise. Je grince des dents, aussi. Mes phalanges blanchissent mes mains serrées si fort. J'essaie de calmer mes poings, mais alors j'ai envie de crier.

Lorsque mon petit garçon est là, dans mes jambes, qui joue au bateau sur l'eau, la rivière, la rivière, ou ma fille, couchée sur mon épaule, câlinante devant la télé ou un livre, j'essaie de desserrer mes doigts, sans crier.

Je me suis aperçue que, dans ces moments, mes genoux remplaçaient mes mains ou mes dents. J'ai vu crisser mes rotules, elles sortent de leur place, se montrent, laiteuses et enflées comme le moignon des racines au bord de l'eau, lavées par la rivière les racines à nu dardent leur bout au milieu des galets, je les trouve obscènes et mes rotules avancées comme elles au centre de mes jambes sur le canapé.

Ton absence bride mon corps, tu me tiens dans une gangue.

J'ai vite rabattu ma jupe quand ma fille m'a dit mais maman cache tes genoux, quand mon petit garçon a dit ah ça me cogne tes os. Je ne suis pas si maigre, non, mais tendue de partout, tendue à craquer. Mes os, mes articulations, mes vertèbres, je les sens, saillants, impudiques, à force de contractures et de pleurs, de grimaces.

Je dis aux enfants, sortons, allons nous baigner, et dans l'eau je retrouverai ma souplesse, mon sourire, dans les remous mes bras accueilleront mon petit garçon sans le blesser, au sortir de l'eau mon dos s'appuiera sur celui de ma fille quand nous sécherons dos à dos au soleil semé de cris lointains, d'éclaboussures, de jeux abandonnés, de secouements de serviettes, de claques de raquettes étouffées, comme depuis si longtemps sur toutes les plages, et même comme lorsque nous étions ensemble, toi et moi, mais que tu ne venais jamais avec nous au bord de la rivière, parce que, disais-tu, tu n'es pas très plage.

Le paysage sera fixé sur une sieste, quand on a l'impression lourde et chaude de se déplacer dans une photo, une image entière et immobile, quand une torpeur de parenthèse freine les mouvements. Je respirerai l'odeur du ciel. Le ciel a l'odeur de ce qui pousse vers lui. Les fleurs, la poussière soulevée, la rosée. Parfois ça sent les arbres, parfois ça sent les hommes, les enfants, les animaux. Je veux me lever et sentir le ciel. Le soleil contiendra sous sa cloche hypnotisante les mêmes bruits d'été, que tu sois là ou pas, et bientôt on ira encore plus loin dans ce pays de vacances, encore plus loin dans ton absence, on ira se promener sans toi plus loin en arrière de la rivière, je voudrais m'aventurer en amont, où toi et moi n'avons jamais pris le risque d'aller. Mon fils aime bien les explorations, et moi je voudrais voir comment mon corps fonctionne hors de l'eau, hors de toi, mon amour, mon autour. Je veux nager, marcher, je veux bouger sans toi autour, ton souvenir, ton ombre, ta présence, ton absence.

Oui, une seule fois. Tu es venu une fois à la rivière. Tu as trouvé un beau caillou poli pour mon petit garçon, pour sa collection. Tu l'as posé dans sa main comme si ce caillou était un message, un souvenir pour après.

Tu t'es assis le dos offert, tout en courbes. J'ai fait des dessins sur ce dos avec les doigts d'une branche. J'ai en tête les traits blancs puis rouges, tes soupirs à les sentir. Tu as saisi mes poignets en me demandant de venir. Venir ça voulait dire rentrer dans ta courbe, me replier dans ton ventre, dans l'ombre, et dégager mes cheveux de ma nuque pour la place de ta bouche. Ce baiser, je ne le savais pas, mais il était de la même nature que le caillou dans la paume de mon fils.

Tu nous disais au revoir.

La rivière aujourd'hui était plus agitée que d'habitude, ses bords surtout. Ses rives étaient pleines d'enfants mouillés, de courses, de ballons et de cris. Je regardais ce bouillonnement sans le voir vraiment, et je me suis assoupie, le corps de mon petit garçon contre le mien dans un câlin paresseux. Il s'est redressé soudain, dans un silence nouveau. Au milieu du silence et de l'eau, un ballon solitaire nageait. Mon petit garçon s'est levé pour rejoindre le groupe d'enfants qui se tenaient maintenant près du bord. Ils chuchotaient. Le ballon leur avait échappé. C'est un moment de la rivière où la rive se tient très au-dessus de l'eau, la rendant momentanément inaccessible. Le ballon s'est immobilisé, retenu par un affleurement rocheux. Il s'est mis en mouvement, redonnant des bruits, des gestes, des rires aux enfants. Il longeait le rivage opposé, les gosses le suivaient dans une excitation renouvelée, vive et échevelée, verte ou bleue et blanche selon leur chemin : à travers les herbes, devant une paroi d'eau remuante, et puis rouge aussi, à force de courir, sur leurs joues, défiant le courant et la légèreté du ballon flottant. Le ballon a tourné sur lui-même et s'est placé au milieu de la rivière, au-dessus des eaux profondes et fraîches. Les canards se sont approchés, prudents mais bruyants, entourant le ballon qu'ils ont testé du bec. Les enfants les ont immédiatement interpellés avec une politesse comique. Oh les canards ! Le ballon s'il vous plaît ! Après avoir flatté le ballon en poussant l'eau de leurs pattes, après avoir frappé leurs ailes de peur ou de surprise si vite et si fort que leurs battements étaient des applaudissements, les canards se sont désintéressés de cet objet non comestible et le ballon a filé vers une plage où les enfants, vite déshabillés dans un affolement de bras et de jambes, jetés à l'eau dans un pépiement d'oiseaux humains, s'en sont emparés, rappelant les canards pour une partie de water-polo. Des enfants tout rouges et riants contre des cols verts et violets apeurés.

Mon petit garçon qui ne sait pas nager encore est revenu se coller à moi en me demandant si tu savais bien nager, toi, et si tu savais jouer au foot de l'eau. Je n'ai pas su quoi lui répondre. Je lui ai dit je ne sais pas, après un silence de sable remué, de soupirs et d'insistance, dis, maman, ton amoureux il sait nager comment ? Sous l'eau ou pas ? Je ne sais pas, mon chéri, oublions mon amoureux, oublions-le, d'accord ?

J'ai pris hier un passage entre deux petits lacs. Nous nous promenions très tôt mon fils et moi à l'arrière de la rivière. Ces lacs étaient si petits qu'on aurait pu les prendre pour des mares. J'ai marché avec précaution dans la tourbière noire, très odorante, qui comblait le chemin. Je tenais mon fils pour qu'il ne glisse pas sur la petite passerelle de planches mouillées par le matin.

J'avais mis des baskets à la semelle si fine que je pouvais sentir la peau des pierres et des planches, leur chaleur, leur douceur, leurs aspérités et le son qu'elles rendaient.

Je redécouvrais ma marche. Je réapprenais à marcher sans toi.

Il y avait quelque chose qui n'allait pas. Le paysage était puissant, plein de feuillages et de reflets, mais quelque chose manquait, que je pensais être toi, ton corps, ton regard, ton silence, ta main où j'aurais pu glisser la mienne, l'autre, celle qui ne tenait pas mon petit garçon, ta démarche aussi instable que le chenal.

Pourtant, non, ce n'était pas toi qui manquais au paysage, mais les oiseaux. Dans cette minuscule et si belle zone humide qu'elle aurait pu faire une carte postale, trop belle sans doute, trop lisse, il n'y avait aucun son d'oiseau, ni canards, ni cygnes, pas même des oies, des aigrettes craintives, aucun bruit sauf celui de l'eau et nos pas dans la boue.

Vers la rivière les bruits des oiseaux existaient bien pourtant. Il y avait de l'ombre et du courant, des rochers, des poissons, et des canards qui se grattaient en faisant clac-clac. Il y avait même un pont en fer qui faisait clac-clac plus fort que les canards quand les voitures passaient dessus. Mais en amont, rien, juste mon fils et moi dans le silence des lacs.

Avec cette absence, ce silence d'oiseaux, très fort, très visible maintenant que je l'avais identifié, reconnu, avec lui je me suis souvenue de cette lettre dans laquelle je t'expliquais comment nous fabriquions un lac en dressant des canards sauvages à déposer l'eau glacée tenue dans leurs palmes au creux de la vallée, notre vallée, cette vallée verte que tu aimes tant et que j'ai cru un moment être devenue.

L'absence d'oiseaux d'eau, leur silence, m'a aidée à comprendre. Tu n'es pas là, tu n'as jamais été là, et si je me promène, même avec mon petit garçon, le paysage n'existe pas, il est faux. Un lac, deux lacs même, une étendue d'eau sans bruits d'oiseaux, sans canards, sans clac-clac-clac, sans frottements d'ailes, sans ébrouements de plumes, ça n'existe pas. C'est juste une carte postale, juste un décor de livre.

DU MÊME AUTEUR

Aux Éditions P.O.L

LE TIROIR À CHEVEUX, *roman*, 2005. Prix de la télévision Suisse Romande (TSR) 2005.

LES ADOLESCENTS TROGLODYTES, *roman*, 2007. Prix Rhône-Alpes de l'adaptation cinématographique 2009.

LES MAINS GAMINES, *roman*, 2008. Prix Wepler 2008 et prix Rhône-Alpes du Livre 2009.

L'ABSENCE D'OISEAUX D'EAU, *roman*, 2010 (Folio n° 5272).

Chez d'autres éditeurs

POUR ÊTRE CHEZ MOI, *récit*, Éditions du Rouergue, 2002.

PAS DEVANT LES GENS, *roman*, Éditions de La Martinière, 2004.

Cet ouvrage a été composé par IGS-CP
à L'Isle-d'Espagnac (16)

COLLECTION FOLIO

Dernières parutions

4930. Danièle Sallenave	*Castor de guerre*
4931. Kazuo Ishiguro	*La lumière pâle sur les collines.*
4932. Lian Hearn	*Le Fil du destin. Le Clan des Otori.*
4933. Martin Amis	*London Fields.*
4934. Jules Verne	*Le Tour du monde en quatre-vingts jours.*
4935. Harry Crews	*Des mules et des hommes.*
4936. René Belletto	*Créature.*
4937. Benoît Duteurtre	*Les malentendus.*
4938. Patrick Lapeyre	*Ludo et compagnie.*
4939. Muriel Barbery	*L'élégance du hérisson.*
4940. Melvin Burgess	*Junk.*
4941. Vincent Delecroix	*Ce qui est perdu.*
4942. Philippe Delerm	*Maintenant, foutez-moi la paix !*
4943. Alain-Fournier	*Le grand Meaulnes.*
4944. Jerôme Garcin	*Son excellence, monsieur mon ami.*
4945. Marie-Hélène Lafon	*Les derniers Indiens.*
4946. Claire Messud	*Les enfants de l'empereur*
4947. Amos Oz	*Vie et mort en quatre rimes*
4948. Daniel Rondeau	*Carthage*
4949. Salman Rushdie	*Le dernier soupir du Maure*
4950. Boualem Sansal	*Le village de l'Allemand*
4951. Lee Seung-U	*La vie rêvée des plantes*
4952. Alexandre Dumas	*La Reine Margot*
4953. Eva Almassy	*Petit éloge des petites filles*
4954. Franz Bartelt	*Petit éloge de la vie de tous les jours*
4955. Roger Caillois	*Noé* et autres textes
4956. Casanova	*Madame F.* suivi d'*Henriette*
4957. Henry James	*De Grey, histoire romantique*
4958. Patrick Kéchichian	*Petit éloge du catholicisme*
4959. Michel Lermontov	*La Princesse Ligovskoï*
4960. Pierre Péju	*L'idiot de Shangai* et autres nouvelles
4961. Brina Svit	*Petit éloge de la rupture*
4962. John Updike	*Publicité*

4963. Noëlle Revaz	*Rapport aux bêtes*
4964. Dominique Barbéris	*Quelque chose à cacher*
4965. Tonino Benacquista	*Malavita encore*
4966. John Cheever	*Falconer*
4967. Gérard de Cortanze	*Cyclone*
4968. Régis Debray	*Un candide en Terre sainte*
4969. Penelope Fitzgerald	*Début de printemps*
4970. René Frégni	*Tu tomberas avec la nuit*
4971. Régis Jauffret	*Stricte intimité*
4972. Alona Kimhi	*Moi, Anastasia*
4973. Richard Millet	*L'Orient désert*
4974. José Luís Peixoto	*Le cimetière de pianos*
4975. Michel Quint	*Une ombre, sans doute*
4976. Fédor Dostoïevski	*Le Songe d'un homme ridicule* et autres récits
4977. Roberto Saviano	*Gomorra*
4978. Chuck Palahniuk	*Le Festival de la couille*
4979. Martin Amis	*La Maison des Rencontres*
4980. Antoine Bello	*Les funambules*
4981. Maryse Condé	*Les belles ténébreuses*
4982. Didier Daeninckx	*Camarades de classe*
4983. Patrick Declerck	*Socrate dans la nuit*
4984. André Gide	*Retour de l'U.R.S.S.*
4985. Franz-Olivier Giesbert	*Le huitième prophète*
4986. Kazuo Ishiguro	*Quand nous étions orphelins*
4987. Pierre Magnan	*Chronique d'un château hanté*
4988. Arto Paasilinna	*Le cantique de l'apocalypse joyeuse*
4989. H.M. van den Brink	*Sur l'eau*
4990. George Eliot	*Daniel Deronda, 1*
4991. George Eliot	*Daniel Deronda, 2*
4992. Jean Giono	*J'ai ce que j'ai donné*
4993. Édouard Levé	*Suicide*
4994. Pascale Roze	*Itsik*
4995. Philippe Sollers	*Guerres secrètes*
4996. Vladimir Nabokov	*L'exploit*
4997. Salim Bachi	*Le silence de Mahomet*

4998. Albert Camus	*La mort heureuse*
4999. John Cheever	*Déjeuner de famille*
5000. Annie Ernaux	*Les années*
5001. David Foenkinos	*Nos séparations*
5002. Tristan Garcia	*La meilleure part des hommes*
5003. Valentine Goby	*Qui touche à mon corps je le tue*
5004. Rawi Hage	*De Niro's Game*
5005. Pierre Jourde	*Le Tibet sans peine*
5006. Javier Marías	*Demain dans la bataille pense à moi*
5007. Ian McEwan	*Sur la plage de Chesil*
5008. Gisèle Pineau	*Morne Câpresse*
5009. Charles Dickens	*David Copperfield*
5010. Anonyme	*Le Petit-Fils d'Hercule*
5011. Marcel Aymé	*La bonne peinture*
5012. Mikhaïl Boulgakov	*J'ai tué*
5013. Arthur Conan Doyle	*L'interprète grec et autres aventures de Sherlock Holmes*
5014. Frank Conroy	*Le cas mystérieux de R.*
5015. Arthur Conan Doyle	*Une affaire d'identité et autres aventures de Sherlock Holmes*
5016. Cesare Pavese	*Histoire secrète*
5017. Graham Swift	*Le sérail*
5018. Rabindranath Tagore	*Aux bords du Gange*
5019. Émile Zola	*Pour une nuit d'amour*
5020. Pierric Bailly	*Polichinelle*
5022. Alma Brami	*Sans elle*
5023. Catherine Cusset	*Un brillant avenir*
5024. Didier Daeninckx	*Les figurants. Cités perdues*
5025. Alicia Drake	*Beautiful People. Saint Laurent, Lagerfeld : splendeurs et misères de la mode*
5026. Sylvie Germain	*Les Personnages*
5027. Denis Podalydès	*Voix off*
5028. Manuel Rivas	*L'Éclat dans l'Abîme*
5029. Salman Rushdie	*Les enfants de minuit*
5030. Salman Rushdie	*L'Enchanteresse de Florence*

5031. Bernhard Schlink	*Le week-end*
5032. Collectif	*Écrivains fin-de-siècle*
5033. Dermot Bolger	*Toute la famille sur la jetée du Paradis*
5034. Nina Bouraoui	*Appelez-moi par mon prénom*
5035. Yasmine Char	*La main de Dieu*
5036. Jean-Baptiste Del Amo	*Une éducation libertine*
5037. Benoît Duteurtre	*Les pieds dans l'eau*
5038. Paula Fox	*Parure d'emprunt*
5039. Kazuo Ishiguro	*L'inconsolé*
5040. Kazuo Ishiguro	*Les vestiges du jour*
5041. Alain Jaubert	*Une nuit à Pompéi*
5042. Marie Nimier	*Les inséparables*
5043. Atiq Rahimi	*Syngué sabour. Pierre de patience*
5044. Atiq Rahimi	*Terre et cendres*
5045. Lewis Carroll	*La chasse au Snark*
5046. Joseph Conrad	*La Ligne d'ombre*
5047. Martin Amis	*La flèche du temps*
5048. Stéphane Audeguy	*Nous autres*
5049. Roberto Bolaño	*Les détectives sauvages*
5050. Jonathan Coe	*La pluie, avant qu'elle tombe*
5051. Gérard de Cortanze	*Les vice-rois*
5052. Maylis de Kerangal	*Corniche Kennedy*
5053. J.M.G. Le Clézio	*Ritournelle de la faim*
5054. Dominique Mainard	*Pour Vous*
5055. Morten Ramsland	*Tête de chien*
5056. Jean Rouaud	*La femme promise*
5057. Philippe Le Guillou	*Stèles à de Gaulle* suivi de *Je regarde passer les chimères*
5058. Sempé-Goscinny	*Les bêtises du Petit Nicolas. Histoires inédites - 1*
5059. Érasme	*Éloge de la Folie*
5060. Anonyme	*L'œil du serpent. Contes folkloriques japonais*
5061. Federico García Lorca	*Romancero gitan*
5062. Ray Bradbury	*Le meilleur des mondes possibles* et autres nouvelles
5063. Honoré de Balzac	*La Fausse Maîtresse*

5064. Madame Roland	*Enfance*
5065. Jean-Jacques Rousseau	*« En méditant sur les dispositions de mon âme... »*
5066. Comtesse de Ségur	*Ourson*
5067. Marguerite de Valois	*Mémoires*
5068. Madame de Villeneuve	*La Belle et la Bête*
5069. Louise de Vilmorin	*Sainte-Unefois*
5070. Julian Barnes	*Rien à craindre*
5071. Rick Bass	*Winter*
5072. Alan Bennett	*La Reine des lectrices*
5073. Blaise Cendrars	*Le Brésil. Des hommes sont venus*
5074. Laurence Cossé	*Au Bon Roman*
5075. Philippe Djian	*Impardonnables*
5076. Tarquin Hall	*Salaam London*
5077. Katherine Mosby	*Sous le charme de Lillian Dawes Rauno Rämekorpi*
5078. Arto Paasilinna	*Les dix femmes de l'industriel*
5079. Charles Baudelaire	*Le Spleen de Paris*
5080. Jean Rolin	*Un chien mort après lui*
5081. Colin Thubron	*L'ombre de la route de la Soie*
5082. Stendhal	*Journal*
5083. Victor Hugo	*Les Contemplations*
5084. Paul Verlaine	*Poèmes saturniens*
5085. Pierre Assouline	*Les invités*
5086. Tahar Ben Jelloun	*Lettre à Delacroix*
5087. Olivier Bleys	*Le colonel désaccordé*
5088. John Cheever	*Le ver dans la pomme*
5089. Frédéric Ciriez	*Des néons sous la mer*
5090. Pietro Citati	*La mort du papillon. Zelda et Francis Scott Fitzgerald*
5091. Bob Dylan	*Chroniques*
5092. Philippe Labro	*Les gens*
5093. Chimamanda Ngozi Adichie	*L'autre moitié du soleil*
5094. Salman Rushdie	*Haroun et la mer des histoires*
5095. Julie Wolkenstein	*L'Excuse*

5096. Antonio Tabucchi	*Pereira prétend*
5097. Nadine Gordimer	*Beethoven avait un seizième de sang noir*
5098. Alfred Döblin	*Berlin Alexanderplatz*
5099. Jules Verne	*L'Île mystérieuse*
5100. Jean Daniel	*Les miens*
5101. Shakespeare	*Macbeth*
5102. Anne Bragance	*Passe un ange noir*
5103. Raphaël Confiant	*L'Allée des Soupirs*
5104. Abdellatif Laâbi	*Le fond de la jarre*
5105. Lucien Suel	*Mort d'un jardinier*
5106. Antoine Bello	*Les éclaireurs*
5107. Didier Daeninckx	*Histoire et faux-semblants*
5108. Marc Dugain	*En bas, les nuages*
5109. Tristan Egolf	*Kornwolf. Le Démon de Blue Ball*
5110. Mathias Énard	*Bréviaire des artificiers*
5111. Carlos Fuentes	*Le bonheur des familles*
5112. Denis Grozdanovitch	*L'art difficile de ne presque rien faire*
5113. Claude Lanzmann	*Le lièvre de Patagonie*
5114. Michèle Lesbre	*Sur le sable*
5115. Sempé	*Multiples intentions*
5116. R. Goscinny/Sempé	*Le Petit Nicolas voyage*
5117. Hunter S. Thompson	*Las Vegas parano*
5118. Hunter S. Thompson	*Rhum express*
5119. Chantal Thomas	*La vie réelle des petites filles*
5120. Hans Christian Andersen	*La Vierge des glaces*
5121. Paul Bowles	*L'éducation de Malika*
5122. Collectif	*Au pied du sapin*
5123. Vincent Delecroix	*Petit éloge de l'ironie*
5124. Philip K. Dick	*Petit déjeuner au crépuscule*
5125. Jean-Baptiste Gendarme	*Petit éloge des voisins*
5126. Bertrand Leclair	*Petit éloge de la paternité*
5127. Musset-Sand	*« Ô mon George, ma belle maîtresse... »*
5128. Grégoire Polet	*Petit éloge de la gourmandise*
5129. Paul Verlaine	*Histoires comme ça*
5130. Collectif	*Nouvelles du Moyen Âge*

5131. Emmanuel Carrère	*D'autres vies que la mienne*
5132. Raphaël Confiant	*L'Hôtel du Bon Plaisir*
5133. Éric Fottorino	*L'homme qui m'aimait tout bas*
5134. Jérôme Garcin	*Les livres ont un visage*
5135. Jean Genet	*L'ennemi déclaré*
5136. Curzio Malaparte	*Le compagnon de voyage*
5137. Mona Ozouf	*Composition française*
5138. Orhan Pamuk	*La maison du silence*
5139. J.-B. Pontalis	*Le songe de Monomotapa*
5140. Shûsaku Endô	*Silence*
5141. Alexandra Strauss	*Les démons de Jérôme Bosch*
5142. Sylvain Tesson	*Une vie à coucher dehors*
5143. Zoé Valdés	*Danse avec la vie*
5144. François Begaudeau	*Vers la douceur*
5145. Tahar Ben Jelloun	*Au pays*
5146. Dario Franceschini	*Dans les veines ce fleuve d'argent*
5147. Diego Gary	*S. ou L'espérance de vie*
5148. Régis Jauffret	*Lacrimosa*
5149. Jean-Marie Laclavetine	*Nous voilà*
5150. Richard Millet	*La confession négative*
5151. Vladimir Nabokov	*Brisure à senestre*
5152. Irène Némirovsky	*Les vierges et autres nouvelles*
5153. Michel Quint	*Les joyeuses*
5154. Antonio Tabucchi	*Le temps vieillit vite*
5155. John Cheever	*On dirait vraiment le paradis*
5156. Alain Finkielkraut	*Un cœur intelligent*
5157. Cervantès	*Don Quichotte I*
5158. Cervantès	*Don Quichotte II*
5159. Baltasar Gracian	*L'Homme de cour*
5160. Patrick Chamoiseau	*Les neuf consciences du Malfini*
5161. François Nourissier	*Eau de feu*
5162. Salman Rushdie	*Furie*
5163. Ryûnosuke Akutagawa	*La vie d'un idiot*
5164. Anonyme	*Saga d'Eiríkr le Rouge*
5165. Antoine Bello	*Go Ganymède !*
5166. Adelbert von Chamisso	*L'étrange histoire de Peter Schlemihl*

5167. Collectif — *L'art du baiser*
5168. Guy Goffette — *Les derniers planteurs de fumée*
5169. H.P. Lovecraft — *L'horreur de Dunwich*
5170. Tolstoï — *Le Diable*
5171. J.G. Ballard — *La vie et rien d'autre*
5172. Sebastian Barry — *Le testament caché*
5173. Blaise Cendrars — *Dan Yack*
5174. Philippe Delerm — *Quelque chose en lui de Bartleby*
5175. Dave Eggers — *Le grand Quoi*
5176. Jean-Louis Ezine — *Les taiseux*
5177. David Foenkinos — *La délicatesse*
5178. Yannick Haenel — *Jan Karski*
5179. Carol Ann Lee — *La rafale des tambours*
5180. Grégoire Polet — *Chucho*
5181. J.-H. Rosny Aîné — *La guerre du feu*
5182. Philippe Sollers — *Les Voyageurs du Temps*
5183. Stendhal — *Aux âmes sensibles* (À paraître)
5184. Dumas — *La main droite du sire de Giac* et autres nouvelles
5185. Wharton — *Le Miroir* suivi de *Miss Mary* Parks
5186. Antoine Audouard — *L'Arabe*
5187. Gerbrand Bakker — *Là-haut, tout est calme*
5188. David Boratav — *Murmures à Beyoğlu*
5189. Bernard Chapuis — *Le rêve entouré d'eau*
5190. Robert Cohen — *Ici et maintenant*
5191. Ananda Devi — *Le sari vert*
5192. Pierre Dubois — *Comptines assassines*
5193. Pierre Michon — *Les Onze*
5194. Orhan Pamuk — *D'autres couleurs*
5195. Noëlle Revaz — *Efina*
5196. Salman Rushdie — *La terre sous ses pieds*
5197. Anne Wiazemsky — *Mon enfant de Berlin*
5198. Martin Winckler — *Le Chœur des femmes*
5199. Marie NDiaye — *Trois femmes puissantes*

Composition Igs
Impression Maury-Imprimeur
45330 Malesherbes
le 13 juin 2011.
Dépôt légal : juin 2011.
Numéro d'imprimeur : 165128.

ISBN 978-2-07-044081-8. / Imprimé en France.

178862